Cœur mandarine

L'auteur

Cathy Cassidy a écrit son premier livre à l'âge de huit ou neuf ans, pour son petit frère, et elle ne s'est pas arrêtée depuis.

Elle a souvent entendu dire que le mieux, c'est d'écrire sur ce qu'on aime. Comme il n'y a pas grand-chose qu'elle aime plus que le chocolat… ce sujet lui a longtemps trotté dans la tête. Et, quand une amie lui a parlé de sa mère qui avait travaillé dans une fabrique de chocolat, l'idée de la série « Les Filles au chocolat » est née !

Cathy vit en Écosse avec sa famille. Elle a exercé beaucoup de métiers, mais celui d'écrivain est de loin son préféré, car c'est le seul qui lui donne une bonne excuse pour rêver !

Dans la même série
Les Filles au chocolat

Cœur mandarine

Cathy Cassidy

Traduit de l'anglais par Anne Guitton

Loi n° 49-956 du 16 juillet 1949 sur les publications
destinées à la jeunesse : février 2015.

Ce titre a été publié pour la première fois en 2012, en anglais,
par Puffin Books (The Penguin Group, London, England),
sous le titre *The Chocolate Box Girls – Summer's Dream*.

© 2012, éditions Nathan (Paris, France), pour la traduction.
© 2015, éditions Pocket Jeunesse, département d'Univers Poche,
pour la présente édition.

ISBN 978-2-266-25679-7

1

Avez-vous déjà souhaité quelque chose tellement fort que ça vous fait mal ? Je crois que ça arrive à tout le monde. Mais moi, ce n'est pas d'une nouvelle robe ou d'un ordinateur que j'ai envie. Ce serait trop simple. Non, mon rêve est bien plus énorme, et il est impossible à atteindre.

Le pire, c'est qu'il n'a rien d'original : des tas de filles ont eu le même. Toutes celles qui ont pris des cours de danse ou tourbillonné dans leur salon en costume de fée ont rêvé un jour de monter sur scène et de recevoir des bouquets de roses rouges. La différence, c'est que moi, je n'ai pas changé en grandissant. Je ne suis pas passée de la danse aux poneys, aux stars ou aux garçons – même si j'ai un copain depuis quelque temps.

Je veux toujours devenir danseuse de ballet, interpréter Giselle, Coppélia ou Juliette, revêtir le tutu en plumes blanches de la princesse des cygnes, entendre le public retenir son souffle et m'acclamer. Je veux danser, et vous savez quoi ? Quand j'avais neuf ou dix ans, cette idée ne me paraissait pas complètement folle.

Je pousse la porte et j'entre dans l'école de danse d'Exmoor, mon sac sur l'épaule. Il est tôt, mon cours ne commence que dans une heure, mais Miss Élise m'a donné l'autorisation d'utiliser le studio de répétition des grandes, à l'étage, quand il est libre.

En ce moment, j'en profite souvent.

Le hall est plein de petites ballerines en justaucorps. Elles rient, discutent, s'achètent des jus de fruits ou des biscuits pour le goûter (elles arrivent juste de l'école), ou font la queue avec leur mère pour s'inscrire au stage d'été. Il n'y a pas si longtemps, j'étais à leur place.

J'étais douée. Je recevais les félicitations du jury à chaque examen, je décrochais le premier rôle de tous les spectacles et Miss Élise répétait sans cesse aux autres élèves : « Non, non, les filles, concentrez-vous. Regardez Summer ! Si seulement vous pouviez toutes danser comme elle... »

Ma sœur jumelle, Skye, levait les yeux au ciel en me tirant la langue, et dès que Miss Élise avait le dos tourné, toute la classe s'écroulait de rire.

Que les choses soient claires : contrairement à ma sœur, j'ai toujours pris la danse très au sérieux. Je me suis inscrite à tous les cours proposés par l'école : claquettes, modern jazz, hip-hop... même si j'ai toujours préféré la danse classique. À la maison, je dévorais les histoires de danseuses. Mon idole était Angélina Ballerina, la petite souris qui veut devenir danseuse, et j'ai regardé le DVD de *Billy Elliot* si souvent qu'il a fini par être tout rayé. Quand je n'étais pas occupée à lire un livre sur la danse, à regarder un film sur la danse ou à rêver de danse, je m'entraînais. Car je savais qu'être douée ne suffisait pas ; je devais être la meilleure.

Papa m'appelait sa petite ballerine, et j'adorais ça. Quand on a trois sœurs toutes plus brillantes les unes que les autres, ce n'est pas facile de se démarquer. Et j'ai toujours été un peu perfectionniste.

Un jour, Miss Élise a dit à maman que j'avais le niveau pour tenter d'entrer à l'école du Royal Ballet. Elle voulait me présenter à l'audition quand j'aurais onze ans. J'étais tellement excitée que j'ai cru que ma tête allait exploser. Je voyais mon avenir s'ouvrir devant moi, un avenir de pointes, de justaucorps, de muscles douloureux, un avenir qui pouvait me conduire sur la scène de l'Opéra royal, vêtue d'un tutu en plumes.

Cet avenir était si proche que je pouvais presque le toucher du doigt.

Et puis tout s'est écroulé le jour où papa nous a quittées pour aller s'installer à Londres. Maman est restée prostrée pendant des mois. Ils se disputaient à propos des jours de visite, de la pension alimentaire, de tout et n'importe quoi. Ma grande sœur, Honey, était furieuse et accusait maman d'avoir tout gâché.

« Je parie que papa croit qu'elle ne l'aime plus, nous disait-elle. Ce n'est pas la faute de papa s'il est toujours en déplacement, c'est à cause de son métier ! À force de le harceler, maman l'a poussé à partir ! »

Moi, je n'en étais pas si sûre. Ces derniers mois, papa avait passé de plus en plus de temps à Londres. Maman ne le harcelait pas ; elle lui rappelait simplement que ce serait super s'il pouvait être là pour l'anniversaire de Coco, pour Pâques ou pour la fête des Pères. Et chaque fois, ça se terminait par une scène, papa criait, claquait la porte et maman fondait en larmes.

Quand j'ai demandé à papa pourquoi il s'en allait, il m'a répondu qu'il nous aimait toujours énormément mais que depuis quelque temps, les choses n'étaient plus parfaites à la maison. À l'époque, j'avais trouvé que ce n'était pas une raison suffisante. Si les choses ne sont pas parfaites, il faut faire en sorte d'y remédier, non ? Apparemment, papa n'était pas de cet avis.

Quelques jours après la séparation, Skye a annoncé qu'elle voulait arrêter la danse. Ce n'était pas vraiment son truc et elle n'avait continué que pour me faire plaisir. Ça a été la goutte de trop. J'avais toujours cru que Skye et moi n'avions aucun secret l'une pour l'autre… mais je m'étais trompée. Il y avait beaucoup de choses que j'ignorais sur elle.

« Summer, j'en ai marre de vivre dans ton ombre », m'a-t-elle expliqué.

Ça m'a fait l'effet d'une gifle. Elle prenait ses distances et m'abandonnait au moment où j'avais le plus besoin d'elle.

C'était comme si quelqu'un s'était emparé de ma vie, l'avait déchiquetée en mille morceaux et avait tout jeté à la poubelle. Je me voyais mal entrer à l'école du Royal Ballet dans de telles conditions.

J'ai passé sans problème les sélections régionales, mais plus la date de l'audition à Londres approchait, plus j'étais angoissée. Pouvais-je vraiment quitter maman si vite ? Et mes sœurs ? Je ne voulais pas choisir entre la danse et ma famille.

Comme papa habitait à Londres, c'est lui qui devait m'accompagner. Mais il est venu me chercher en retard et, le temps d'arriver, j'étais malade de trac. J'ai mal dansé, et quand le jury m'a demandé pourquoi j'estimais mériter une place à l'école du Royal Ballet, je n'ai pas su répondre.

« Tant pis, a commenté papa, en me raccompagnant à la maison. Ça ne fait rien. La danse, c'est juste un loisir, non ? »

Sa réaction m'a achevée. La danse, c'était tout pour moi ! Ce jour-là, j'ai cessé d'être la « petite ballerine » de mon père. Je lui avais fait perdre son temps au lieu de le rendre fier de moi.

Évidemment, je n'ai pas été prise.

« Ne t'en veux pas, m'a consolée maman. Tu as subi beaucoup de pression. Et je n'aurais jamais dû compter sur ton père. Tu ressaieras plus tard. »

Je lui ai souri, même si nous savions toutes les deux que je venais de laisser passer la chance de ma vie.

Tu n'aurais jamais réussi, de toute façon, a murmuré une petite voix triste et amère dans un coin de ma tête. *Tu te faisais des illusions.*

J'ai essayé d'ignorer ces paroles, sans vraiment y arriver. Depuis, la petite voix ne m'a plus quittée. Elle s'insinue dans mes pensées pour me rabaisser quand je m'y attends le moins.

Toute cette histoire remonte à deux ans. Aujourd'hui, j'ai treize ans et j'aime toujours autant danser. Je reçois toujours des félicitations lors des examens et je décroche toujours des rôles importants dans les spectacles. À la maison aussi, la vie a repris son cours. Papa est parti vivre en Australie, mais ça ne change pas grand-chose pour nous parce qu'on ne le voyait presque jamais. Maman a un nouveau fiancé, Paddy. Il est gentil et drôle. Ils vont se marier dans quelques jours. Grâce à lui, j'ai aussi une demi-sœur, Cherry, que j'aime beaucoup.

Honey, ma grande sœur, est toujours insupportable, surtout depuis l'arrivée de Paddy et Cherry. Heureusement, j'ai Skye, Coco, mon petit copain et des tas d'amis sur qui je peux compter. J'ai des bonnes notes en cours. Je sais que j'ai tout pour être heureuse, et pourtant… je ne le suis pas. Car j'ai beau avoir gâché mes chances de devenir danseuse professionnelle, mon rêve n'a pas changé.

Dans le vestiaire désert à côté du studio, je retire mon uniforme, je le plie soigneusement, puis j'enfile mes collants et mon justaucorps. C'est comme si je me défaisais du monde réel. En tenue de danse, je me sens légère et libre.

Je dénoue mes longues tresses, je brosse mes cheveux pour me débarrasser des soucis de la journée, puis les natte à nouveau avant de les attacher en couronne sur ma tête. J'ai répété ce geste si souvent que je n'ai même plus besoin de miroir. Assise sur le banc en bois, je sors mes pointes de satin rose de mon sac. Après les avoir mises, je noue les rubans autour de mes chevilles, comme Miss Élise me l'a appris. Puis je traverse le vestiaire et j'entre dans la salle vide où la lumière se reflète dans les miroirs. Près de la porte, je trempe le bout de mes chaussons dans le bac de colophane afin d'éviter de glisser sur le parquet. Dès que je lance le CD, la musique m'enveloppe et pénètre par chaque pore de ma peau.

Quand je danse, mes soucis s'évanouissent. Peu importe que papa soit parti, que ma famille n'ait pas encore fini de se reconstruire. Peu importe que je ne puisse jamais aller à l'école du Royal Ballet.

Je prends une grande inspiration et je m'élance ; dressée sur mes pointes, les bras arrondis au-dessus de ma tête, j'enchaîne les sauts et les pirouettes, perdue dans la musique. Quand je danse, le monde disparaît et tout devient parfait.

2

— **S**ummer ! m'appelle ma sœur depuis la chambre. Tu peux m'aider à me coiffer ?

Je jette un coup d'œil dans le miroir de la salle de bains et lisse mon jupon de dentelle blanche en fronçant les sourcils. Aujourd'hui, mes quatre sœurs et moi portons des robes assorties, avec chacune une ceinture en satin pastel de couleur différente. Elles sont inspirées de modèles anciens choisis par Skye, qui adore ce genre de tenues vintage. Moi, ce n'est pas ce que j'aurais pris. La robe ne me va pas bien ; elle est trop ample, trop froncée, elle me grossit beaucoup. Ces derniers temps, de toute façon, je déteste mes vêtements… à moins que ce ne soit mon corps le problème ?

— Summer ! insiste Skye.

— Oui, j'arrive !

Elle s'est tressé une couronne de fleurs de mauve et de rubans bleu ciel, et elle a besoin de moi pour la mettre en place. J'ai opté pour une coiffure plus simple, cheveux détachés avec juste une fleur en soie rose sur le côté. C'est un cadeau de Zack, mon petit copain. Avant qu'on sorte ensemble, à Noël dernier, j'ai trouvé un paquet contenant cette jolie barrette dans mon casier, « de la part d'un admirateur secret ». C'est la chose la plus romantique que Zack ait jamais faite. Il n'est pas vraiment du genre sentimental et il n'en a jamais parlé depuis, mais ça ne m'empêche pas d'adorer cette fleur.

— On n'est pas si mal, non ? demande Skye. Pour des demoiselles d'honneur !

— Oui, c'est mieux que d'affreuses robes à volants. Mais… tu ne trouves pas que j'ai l'air… un peu trop grosse ?

— Trop grosse ? Non, pas du tout, Summer ! Tu es super mince ! Et de toute façon, les rondeurs, c'est normal. C'est ce qui arrive quand on grandit.

— Je ne suis pas sûre que ça me plaise de grandir, je soupire. En ce moment, quand je me regarde dans le miroir, je ne me reconnais plus.

— Pourtant, c'est bien toi. Et moi. On se ressemble comme deux gouttes d'eau, je te rappelle !

Elle tire la langue à son reflet et nous éclatons de rire.

— J'ai hâte de voir la robe de maman ! je m'exclame. Elle n'a voulu la montrer à personne. Pauvre Paddy qui a dû dormir dans la roulotte la nuit dernière !

— Ça porte malheur si le marié voit la robe avant la cérémonie. Maman et Paddy n'ont vraiment pas besoin de ça !

Skye a raison. La première femme de Paddy est morte quand Cherry était encore bébé. Quant à maman, elle a beaucoup souffert elle aussi avec le départ de papa. On espère tous que ce mariage sera le début d'une vie plus heureuse.

Soudain la porte s'ouvre à la volée. Coco entre en traînant derrière elle Joyeux Noël, son agnelle apprivoisée.

— Vous croyez que je devrais accrocher une couronne de fleurs au collier de Joyeux Noël ? demande-t-elle. Ou bien vous pensez qu'elle va la manger ?

— Elle va la manger ! répondons-nous en chœur.

— Évidemment, j'ajoute en jetant un coup d'œil par la fenêtre. C'est une machine à digérer sur pattes. Oh, regardez ! Voilà Junior avec le cheval… il a choisi le gris pommelé !

Le père de Junior a une ferme juste à côté de chez nous, et maman et Paddy lui ont emprunté un cheval pour tirer la roulotte.

— Il est en avance ! piaille Coco. Je descends !

Elle dévale les escaliers, Joyeux Noël sur les talons.

Je colle mon visage contre la vitre pour observer ce qui se passe dans le jardin. Des hommes sont en train d'accrocher des banderoles et des guirlandes lumineuses aux arbres. Une voiture vient se garer devant la maison. Paddy traverse la pelouse dans sa direction, les cheveux en bataille, une paire de Converse neuves à la main, son costume sur le bras.

— Le témoin vient chercher Paddy, je commente. Alors voilà… on y est presque !

Depuis le début de la matinée, Tanglewood est sens dessus dessous. À la place des clients habituels du *bed and breakfast*, la maison est remplie d'invités. Quand Skye et moi sommes descendues pour le petit déjeuner, nous avons trouvé plein de femmes en pyjama en train de manger des œufs au bacon à la table de la cuisine. Ce sont de vieilles amies de maman. Elles ont fait les Beaux-Arts ensemble. Deux grands-tantes venues du Yorkshire essayaient des chapeaux effrayants dans le salon, et une tripotée de petits cousins éloignés barbouillés de chocolat couraient un peu partout. Au milieu de toute cette agitation, Mamie Kate préparait tranquillement des scones au fromage pendant que son mari, Jules (que nous considérons comme notre grand-père, même s'il ne l'est pas), beurrait des toasts.

— On devrait peut-être descendre donner un coup de main, me lance Skye comme si elle lisait dans mes pensées.

Honey nous coince au milieu de l'escalier, les bras chargés de fleurs. Elle a remonté sa robe blanche pour la raccourcir au maximum et ébouriffé ses cheveux blonds au carré. Avec son mascara et son fard à paupières charbonneux, on dirait un top-model.

— Mamie Kate m'a demandé de m'occuper des bouquets et des boutonnières, explique-t-elle. C'est censé être un mariage tout simple, mais il faut quand même qu'il ait du style. Je me suis servie dans le jardin. Vous m'aidez ?

Honey dépose les fleurs dans le lavabo de la salle de bains avant de ressortir en chercher d'autres. Skye et moi nous mettons au travail, bientôt rejointes par Cherry : nous coupons des œillets rouges pour les boutonnières des messieurs, en entourant les tiges de fil de fer et de papier aluminium. Cherry a personnalisé sa tenue à sa façon, en y ajoutant une ombrelle en papier et en piquant des baguettes dans ses cheveux. Comme sa mère était japonaise, ça lui va bien.

— Papa est parti se préparer à Kitnor avec oncle Shaun, nous annonce-t-elle. Il était hyper stressé !

— Tu m'étonnes, réplique Honey qui vient d'apparaître dans notre dos avec une dernière brassée de fleurs. S'il fait du mal à maman, je l'étranglerai de mes propres mains. Sans vouloir te vexer

— Bien sûr, marmonne Cherry entre ses dents serrées.

Depuis le début, Honey a du mal à accepter ce mariage. Elle n'aime pas Paddy et ne supporte pas Cherry, surtout depuis que notre demi-sœur sort avec son ex. On se doutait qu'il faudrait la prendre avec des pincettes aujourd'hui pour éviter que la fête ne se termine en bain de sang. Mais apparemment, elle se contente de commentaires désagréables. C'est toujours mieux que les hurlements et les claquements de porte !

Une des amies artistes de maman apporte de la laque et un fer à friser dans la chambre de la mariée. Je rattrape la porte juste avant qu'elle se referme et nous apercevons notre mère en pleine séance de maquillage. Elle est si belle que j'en ai le souffle coupé.

— Oh, les filles ! s'écrie-t-elle, le visage illuminé. Vous êtes éblouissantes !

— Pas autant que toi, maman ! je réponds.

Mais ses amies nous chassent et referment la porte derrière nous. Mes sœurs n'ont pas l'air d'être dérangées par la présence de tous ces inconnus. Moi, je ne peux pas m'empêcher de me sentir mise à l'écart et le chaos qui règne dans la maison me stresse. J'aime que tout soit en ordre, net, sous contrôle… et ce n'est pas vraiment le cas chez nous. Surtout aujourd'hui.

— Fichez le camp, nous ordonne Honey. Je dois m'occuper du bouquet de maman.

Skye, Cherry et moi descendons ranger la cuisine et envoyons Mamie Kate et Jules se préparer. À l'extérieur, des tables à tréteaux, des chaises pliantes et des couvertures de pique-nique ont poussé un peu partout sur la pelouse. Des adultes vont et viennent dans la cuisine, les bras chargés de nappes, d'assiettes et de couverts.

— C'est un peu trop le bazar ici, je ronchonne en remplissant le lave-vaisselle pendant que Cherry distribue les petits bouquets et les œillets. On est censés partir dans quelques minutes…

— On sera prêts, me répond Skye en riant. Relax !

Les gens se rassemblent peu à peu sur l'herbe. Les enfants barbouillés sont maintenant propres comme des sous neufs, et les tantes du Yorkshire ressemblent à de grosses bonbonnières, leurs affreux chapeaux perchés sur leurs boucles grises. Junior amène la roulotte devant la maison et saute à terre pour retenir le cheval pommelé. Quelqu'un a accroché une guirlande de clochettes à son harnais – je soupçonne Coco.

Mamie Kate et Jules nous rejoignent, fiers et souriants. Ma grand-mère prend les rênes et s'installe sur le siège du cocher – elle a appris à le faire quand elle vivait à Tanglewood, il y a des années. Comme notre vrai grand-père est mort avant notre naissance à Skye et moi, c'est elle qui va conduire maman jusqu'à l'autel.

— Les voilà ! s'écrie quelqu'un.

La bande d'amies artistes sort de la maison dans un tourbillon de laque et de rouge à lèvres, puis, enfin, maman fait son apparition.

Ses chevelure dorée est remontée en un chignon souple piqué de minuscules fleurs bleues et deux longues anglaises encadrent son visage. Elle porte une robe sublime, inspirée d'un modèle ancien, en velours blanc très fin. Ses jambes bronzées sont nues et elle a chaussé une paire de tongs à brillants qui a coûté 2,99 livres dans une solderie de Minehead. Elle tient à la main une gerbe de roses et de jasmin blanc nouée par un ruban. Elle rayonne de bonheur.

Mon cœur se gonfle. Je suis heureuse pour elle, même si j'ai parfois la nostalgie de ma famille d'avant. Tout est en train de changer en ce moment, et ça me perturbe un peu.

Jules aide maman à s'installer sur le siège, puis Mamie Kate fait claquer les rênes et, dans un tintement de clochettes, le cheval gris pommelé se dirige vers l'église du village.

3

Nous formons une procession derrière la roulotte, demoiselles d'honneur en tête. Ça me semble un peu étrange d'assister au mariage de ma mère. Mais les gens rient et discutent comme si nous partions pour un grand pique-nique en famille. Lorsque nous passons l'auberge à l'entrée du village, les amis musiciens de Paddy se mettent à jouer de la guitare, de la flûte et du violon, et nous arrivons devant l'église en fanfare.

Les tantes, les cousins et les amies artistes y entrent au son entraînant d'un air écossais tandis que nous nous rassemblons sur les marches. Maman lisse sa robe et remet une anglaise derrière son oreille.

Dans l'église pleine à craquer, Paddy et son frère attendent devant l'autel en compagnie du pasteur. Puis l'orgue entonne la *Marche nuptiale*. Mamie Kate donne le bras à maman et elles s'avancent lentement entre les invités, suivies de nous cinq.

Tous les yeux sont rivés sur nous. J'ai beau avoir l'habitude d'être sous le feu des projecteurs, cette fois, c'est beaucoup plus impressionnant. Sur scène, ce n'est pas moi qu'on regarde mais la danseuse. Aujourd'hui, je ne suis que moi, sans costume pour me dissimuler, mal à l'aise dans cette robe que je n'aurais jamais choisie. Les joues brûlantes, je prends la main de Skye et je règle mon pas sur le sien.

Une fois que nous sommes installées au premier rang, Coco retenant tant bien que mal Joyeux Noël par sa laisse, la cérémonie peut commencer. Tout se passe bien jusqu'au moment où le pasteur demande si quelqu'un a une raison de s'opposer à cette union. Je jette un regard anxieux autour de moi, craignant de voir débarquer papa dans l'église. Bien sûr, ça n'arrive pas puisque :

a) il est en Australie ;

b) il se fiche complètement que maman se remarie.

Honey souffle : « Moi j'ai une raison : Paddy est un crétin. » Mais heureusement, je suis la seule à l'entendre.

Quand papa nous a quittées, j'ai d'abord cru qu'il changerait d'avis, qu'il se rendrait compte qu'il ne pouvait pas vivre sans nous, qu'il reviendrait s'excuser et que tout rentrerait dans l'ordre. Mais il ne l'a pas fait, et j'ai commencé à comprendre que tout ne se termine pas par des « happy ends » dans la vraie vie.

Le pasteur déclare Paddy et maman mari et femme, ils s'embrassent, Coco crie « Beeeerk ! » et tout le monde éclate de rire. J'ai la gorge nouée. Mon cœur est partagé entre la tristesse que j'éprouve en pensant à ce qui aurait pu être, et la joie de voir maman si heureuse. J'espère que personne ne s'en aperçoit. Mon père ne gagnera jamais le prix de « meilleur papa de l'univers », pourtant parfois, je ne peux pas m'empêcher d'avoir envie de remonter le temps. Si je le pouvais, je ferais un peu plus d'efforts pour qu'il m'aime, je le rendrais fier, et il ne partirait peut-être pas.

Ou peut-être que si.

Nous sortons de l'église sous une pluie de confettis, et passons la demi-heure qui suit à sourire pour les photos… debout sur les marches, puis sous les arbres, ou près de la roulotte pendant que Junior retient le cheval tout en jetant des regards langoureux à Honey.

Enfin, maman et Paddy montent sur le siège du cocher. Paddy donne un coup de rênes, le cheval part au trot et maman lance son bouquet dans la foule. On dit que celle qui attrape le bouquet est sûre de se marier dans l'année. Une des vieilles tantes du Yorkshire bondit et le rattrape au vol. Comme c'est une célibataire endurcie d'au moins soixante-dix ans, tout le monde l'applaudit, surtout quand elle annonce en gloussant qu'elle a des vues sur le pasteur.

Nous sommes de retour à Tanglewood et la fête commence. Le jardin est rempli de gens qui serrent maman et Paddy dans leurs bras, leur offrent des cadeaux et se servent joyeusement sur le buffet. D'autres invités arrivent peu à peu. Il y a Tina et Millie, nos copines d'enfance ; Mrs Lee la postière ; Mr et Mrs Anderson, les propriétaires de la boutique bio, avec leurs vêtements hippies, leurs jolies petites filles et leur aîné, Tommy, un garçon pénible qui passe sa vie à me casser les pieds.

— Super mariage, me lance-t-il justement. J'aime bien ta robe, Summer…

Je lève les yeux au ciel. Dans sa bouche, ça doit vouloir dire « tu es habillée comme un sac ». J'ai l'impression qu'il a décidé de me faire tourner en bourrique depuis le premier jour de la maternelle. Il était venu me voir à la cantine pour me demander si je voulais bien être son amoureuse, puis il s'était approché de mon oreille et il avait fait un bruit de pet avec ses lèvres en me tirant la langue. J'en avais fait tomber mon riz au lait.

Je ne le lui ai jamais pardonné.

— Dégage, Tommy.

Quelqu'un vient à ma rescousse en posant ses mains sur mes yeux et en murmurant :

— Devine qui c'est !

Parfois, je me dis que j'ai vraiment de la chance : Zack Jones est le plus beau garçon du collège. Toutes les filles de ma classe sont dingues de lui. Mais c'est moi qu'il a choisie.

— Zack, je réponds en souriant. Qui veux-tu que ce soit ?

Il me prend les mains et me fait tourner en riant.

— Comment ça s'est passé ? Je parie que c'était cool. Jolie robe… ça met vraiment tes fesses en valeur !

Je rougis violemment.

— Hé, c'est un compliment, Summer ! lance Zack. Cette fête est géniale. Tu as mangé quelque chose ?

— Je n'avais pas faim… j'ai des papillons dans le ventre.

Il me tend une assiette et en prend une pour lui, qu'il remplit de feuilletés à la saucisse, de quiche et d'une montagne de salade de pommes de terre.

— C'est le stress, déclare-t-il d'un ton sage. C'est un grand jour pour ta famille. Moi ça me fait le même effet avant les matchs de foot. Après, par contre, je pourrais avaler un bœuf. Cette pizza a l'air délicieuse…

Je m'apprête à en prendre une part quand je me souviens de la remarque de Zack sur mes fesses. Alors je me rabats sur une poignée de feuilles de salade.

La musique s'interrompt et le témoin prend le micro. Il raconte que maman et Paddy sont devenus amis aux Beaux-Arts, puis se sont retrouvés des années après et sont tombés amoureux. Il déclare que maman doit être folle pour réussir à supporter Paddy.

— Ou alors, elle a été séduite par ses talents de pâtissier, ajoute-t-il avant de préciser comment Paddy lui a fait la cour en lui envoyant des chocolats maison.

— Le meilleur, intervient maman, c'est celui qu'il m'a offert en août dernier, un peu après son installation ici avec Cherry. C'était le jour où la banque nous a accordé notre prêt. Paddy avait préparé mon préféré, celui au café. Il avait ajouté un nouvel ingrédient auquel je ne m'attendais pas du tout…

Elle brandit sa main gauche où le diamant de sa bague de fiançailles scintille au soleil, à côté de sa nouvelle alliance en or. Tout le monde siffle et applaudit. Je me souviens très bien du jour dont elle a parlé. Je m'étais dit que cette bague cachée dans un chocolat était la chose la plus romantique du monde.

Zack passe son bras autour de ma taille. Je lui souris mais je m'écarte aussitôt. Je suis toujours un peu gênée par ma robe et, de toute façon, je n'aime pas vraiment ce genre de contact. Je ne suis pas encore prête, et surtout pas devant tous ces gens.

Maman et Paddy découpent l'immense gâteau de mariage au chocolat, pendant que Jules et les tantes du Yorkshire sillonnent la foule afin de remplir les coupes de champagne et de servir de la limonade aux plus jeunes. Mamie Kate lève son verre pour porter un toast, puis les amis musiciens de Paddy entament un nouvel air. Paddy mène maman par la main jusqu'au milieu de la pelouse. Ils se mettent à danser, lentement, les yeux dans les yeux, un sourire si doux aux lèvres qu'il ferait fondre un cœur de pierre.

En tout cas, il fait fondre le mien. Je repousse dans un coin de ma tête toutes les pensées liées à papa. Elles ne peuvent conduire qu'à des larmes. Aujourd'hui, c'est le jour de maman et de Paddy, un jour de fête et de nouveau départ.

Le cœur de Honey doit être plus dur que le mien : elle s'éloigne sous les cerisiers avec une grimace dégoûtée, Junior sur les talons.

4

La fête se prolonge jusqu'à minuit passé, sous les étoiles et les guirlandes lumineuses. Je danse avec Skye, Cherry et Coco. Puis avec Tina, Millie et les petits cousins, gavés de gâteaux et de limonade. Je valse avec les tantes du Yorkshire, je twiste avec les amies artistes, je danse la gigue avec les musiciens. Pour finir, j'accorde un slow à Zack qui me serre contre lui, plus près que je ne l'aurais voulu, et me murmure que je suis la plus jolie fille avec qui il soit sorti.

Mon cœur s'emballe. Je ne sais pas si c'est de la joie ou de la panique. Zack a déjà eu plusieurs copines, il paraît même qu'une fille du lycée, Marisa McKenna, aurait des vues sur lui. Marisa porte des jupes si courtes que parfois, on dirait qu'elle a oublié d'en mettre une. Mais quand j'ai parlé d'elle à Zack, il a éclaté de rire et m'a répondu que j'étais la seule avec qui il avait envie d'être.

— Zack et toi, vous êtes amoureux ? me demande ma jumelle un peu plus tard, quand nous nous blottissons sous nos couettes, bercées par la musique et les rires qui montent du jardin. Ça fait quoi, Summer ? En vrai ?

Je fronce les sourcils dans le noir. J'aime beaucoup Zack, bien sûr. Mais je ne suis pas certaine d'être amoureuse de lui. Ce n'est pas le grand amour, pas comme maman et Paddy.

— Je ne sais pas, je réponds à Skye. C'est encore un peu tôt.

— Ça fait quatre mois. Tu dois bien avoir une idée. Il fait battre ton cœur ? Il te fait fondre ? Tu restes allongée sans dormir, à tourner dans ton lit en pensant à lui ?

— À t'entendre, on dirait une maladie. C'est compliqué… Zack est sorti avec plein de filles. J'ai peur qu'il se lasse de moi, qu'il trouve quelqu'un de mieux…

Quelqu'un qui embrasse mieux, par exemple. Dans la vraie vie, ça n'a rien à voir avec ce que racontent les magazines. Moi, je me demande tout le temps si nos nez vont se toucher, nos dents se cogner, ou si mon haleine sent l'oignon. Je suis mal à l'aise, et parfois je m'ennuie même un peu.

— Il ne va pas te quitter, décrète Skye. Il est fou de toi, ça crève les yeux !

Je soupire.

— Peut-être.

— Tu crois qu'un jour, un garçon éprouvera la même chose pour moi ? chuchote Skye.

— Bien sûr !

Ce n'est que plus tard, une fois qu'elle est endormie, que je me demande si ma sœur pense à un garçon en particulier.

Le lendemain, la maison grouille de gens mal réveillés avec la gueule de bois et les cheveux en bataille. Ils rangent lentement, entassent les bouteilles vides en attendant de les emmener à la déchetterie, lancent le lave-vaisselle une dizaine de fois. On retrouve une chaussure à talon dans le bassin aux poissons, une bouteille de whisky dans un massif de fleurs et le témoin dans la roulotte, en caleçon à pois, avec des lunettes noires et un chapeau en feutre.

— Super soirée, déclare Paddy avec un grand sourire. Pour autant que je m'en souvienne !

— Vous n'étiez pas censés partir en lune de miel juste après le mariage ? je demande pour le taquiner tout en passant la serpillière dans la cuisine. C'est la tradition !

— Quoi, et rater la fête ? Pas question !

— Pas dans nos moyens, surtout, intervient maman. Et puis on doit s'occuper de vous, les filles, sans parler du bed and breakfast et de la chocolaterie qu'il faut faire tourner !

— J'ai peut-être une petite idée pour les vacances scolaires… glisse Paddy.

Maman répond qu'elle va attendre un peu avant de se réjouir, vu que ce sera sans doute une sortie à Minehead, et tout le monde éclate de rire.

En début d'après-midi, chacun commence à ranger ses affaires et s'apprête à rentrer chez lui. Le soir, il ne reste plus que Mamie Kate et Jules à la maison, et on se sent à nouveau chez nous.

Je prends le temps de répéter quelques exercices dans ma chambre car j'ai raté le cours d'hier, et je ne suis pas bien quand je ne danse pas. J'adore sentir mon corps s'étirer, à la fois fort et léger. J'adore laisser la musique envahir ma tête et mon cœur. La danse est une version plus simple de la vie. J'en connais les règles et ça me rassure. Je n'ai pas à m'inquiéter à cause d'une robe mal coupée ou d'un petit copain trop collant.

Je danse jusqu'à avoir mal partout, jusqu'à ce que l'odeur du poulet rôti me parvienne depuis la cuisine et que maman m'appelle pour manger. Tout le monde est à table, même Honey, qu'on n'avait pourtant pas beaucoup vue hier soir et qui s'est terrée dans sa chambre toute la journée pour échapper à la corvée de nettoyage.

— Eh bien, déclare Paddy en découpant le poulet. Quel week-end ! Tu as fait de moi l'homme le plus heureux du monde, Charlotte. Et vous, les filles… Kate, Jules… merci à tous de nous avoir si bien accueillis, Cherry et moi. Nous formons une vraie famille maintenant.

Honey renifle avec un air écœuré, mais je lui donne un coup de coude sous la table et elle ravale son commentaire.

— Alors comme ça… vous partez en lune de miel à Minehead ? demande Mamie Kate en souriant.

— Peu importe l'endroit, répond maman. Je serai heureuse n'importe où avec Paddy.

— Tant mieux, déclare ce dernier. Parce que Kate et Jules ont une surprise pour toi…

— Une surprise ? répète maman. Quel genre de surprise ?

— Nous voulons que vous partiez en voyage de noces, explique Mamie Kate. Vous le méritez : vous avez travaillé tellement dur pour le bed and breakfast et la chocolaterie. Nous voulons vous offrir des vacances dont vous vous souviendrez, des vacances uniques… C'est notre cadeau de mariage. Nous en avons parlé avec Paddy. Tout est organisé…

— Comment ça, organisé ? l'interroge maman.

Mamie Kate pose une grosse enveloppe sur la table. Maman l'ouvre en fronçant les sourcils. Elle contient deux billets d'avion, plusieurs pages d'itinéraire et une brochure en couleurs.

Un voyage au Pérou.

Les yeux de maman se remplissent de larmes.

— Je… je ne comprends pas ! Trois semaines au Pérou ? C'est merveilleux, mais on ne peut pas accepter. Maman, Jules, vous n'allez pas… de toute façon, on ne peut pas laisser les filles toutes seules… ni la chocolaterie… en plus, une équipe de tournage doit s'installer à Tanglewood cet été ! Je ne vois pas comment nous pourrions partir !

— Tout est prévu, la rassure Jules. Paddy a engagé un assistant pour la chocolaterie, et Kate viendra s'occuper des filles pendant votre absence…

— Quant aux gens de la télé, ajoute Mamie Kate, ils seront autonomes ; et de toute façon, ils occuperont toutes les chambres du bed and breakfast. Allez, Charlotte… tu as toujours rêvé d'aller au Pérou !

— C'est vrai, murmure maman. J'adorerais partir là-bas. J'y pense depuis longtemps, et Paddy et moi nous en avons parlé plusieurs fois, par rapport à la chocolaterie…

— Nous avons choisi d'investir dans des fèves de cacao provenant du commerce équitable, enchaîne Paddy. Ce voyage nous permettrait d'aller encore plus loin dans notre démarche, de soutenir une petite plantation familiale, qui pratique une agriculture biologique respectueuse de l'environnement. Et tout ça en faisant le plus beau voyage de notre vie !

— Je sais, soupire maman. Mais…

Paddy passe un bras autour de ses épaules.

— Pas de « mais », décrète-t-il. Tout est organisé. Nous prenons l'avion le premier week-end des vacances scolaires. Kate sera là, et les filles sauront se montrer responsables et donner un coup de main quand il le faudra. Pas vrai ?

— Tout à fait ! s'écrie Skye. On s'en sortira très bien !

— Bien sûr, je renchéris.

En réalité, je me demande ce que je vais devenir si maman et Paddy s'envolent pour le Pérou. C'est un merveilleux voyage de noces et c'est très généreux de la part de Mamie Kate et de Jules, mais j'aurais quand même bien aimé qu'ils nous demandent notre avis.

Je repousse mon assiette encore à moitié pleine. Mon père vit déjà à l'autre bout du monde, alors je n'ai pas franchement envie que ma mère disparaisse elle aussi – même si ce n'est que pour trois semaines. Évidemment, je ne peux pas le lui dire : ce serait horriblement cruel et égoïste.

En plus, je suis apparemment la seule à me poser ce genre de questions.

— Ouah, commente Honey. Maman… je t'ai mené la vie dure ces derniers temps… et je n'ai peut-être pas été très accueillante avec Paddy et Cherry…

Cette dernière ouvre de grands yeux. « Pas très accueillante », c'est le moins qu'on puisse dire !

— Enfin voilà, je voulais m'excuser, continue Honey. J'ai été insupportable, mais c'est fini. Vous pouvez partir en vacances sans vous inquiéter – il faut absolument que tu y ailles, maman, tu te rends compte ? Tu n'auras sans doute pas beaucoup d'occasions comme celle-là !

— Tout à fait, renchérit Mamie Kate.

J'échange un regard avec Skye. On attendait depuis des mois que Honey s'adoucisse… Maintenant que ça se produit, j'ai quand même quelques doutes. Ma grande sœur est très douée pour embobiner les gens. Maman et Mamie Kate se font avoir à chaque fois. Moi, je me méfie.

La conversation tourne à présent autour des passeports, des valises, des plantations de cacao au Pérou. J'aimerais bien être aussi excitée que les autres, mais je me sens inquiète et un peu perdue.

— Youpi, murmure Honey dans sa barbe. Trois semaines de liberté. Ça va être les plus belles vacances de ma vie…

J'ai un mauvais pressentiment.

5

Apprendre à danser sur les pointes, c'est dur. Il faut des années et des années de discipline et d'exercices pour en être capable. Aujourd'hui encore, j'essaie de faire cent relevés par jour afin de renforcer mes pieds et mes chevilles. Pas étonnant que Miss Élise appelle ça la « torture ».

C'est difficile de réussir cette technique tout en donnant une impression de légèreté et de souplesse. Au début, mes orteils étaient couverts d'ampoules et j'avais les ongles noirs à cause des bleus. Mais je ne me suis pas plainte, car les ballerines souffrent en silence.

Je travaille à la barre dans le studio vide quand la porte s'ouvre en grinçant : c'est mon amie Jodie. Elle vit de l'autre côté de Minehead et ne fréquente pas le même collège que moi. Jodie est une danseuse très douée. Je ne connais personne à part elle qui prenne la danse autant au sérieux que moi.

Avant, on rêvait toutes les deux d'étudier à l'école du Royal Ballet, mais on a été déçues. Le destin a été encore plus cruel pour Jodie que pour moi. Le jury lui a dit qu'elle possédait une grâce et un talent naturels, mais que son corps n'était pas adapté à une carrière de danseuse.

« Qu'est-ce que ça veut dire ? m'avait-elle demandé alors, le visage baigné de larmes. Que j'ai une tête en trop ou je ne sais quoi ? »

Je la trouvais parfaite comme elle était. Ni trop grande ni trop petite, ni trop grosse ni trop mince. Elle avait une bonne posture, elle était musclée. J'ai essuyé ses larmes et lui ai conseillé de ne plus y penser. Mais finalement, le jury avait vu juste. À la puberté, le corps de Jodie a changé. Elle a maintenant pas mal de poitrine, un petit ventre rond et des jambes un peu épaisses. Dans ses vêtements de tous les jours, elle est magnifique. Mais une chose est sûre : elle n'a pas le physique d'une danseuse classique.

Même si nous avons arrêté de parler du Royal Ballet, mon rêve n'a pas disparu pour autant – et je parie que c'est pareil pour Jodie. On n'est plus dans le même cours de danse depuis que Miss Élise m'a fait monter d'un niveau en janvier dernier. Alors je suis contente de voir débarquer mon amie dans la salle.

— Salut ! je lui lance avec un sourire. Je ne m'attendais pas à te trouver ici !

— Miss Élise m'a demandé de venir m'entraîner avec vous aujourd'hui. Elle a aussi invité une ou deux filles du niveau 6… Apparemment, une de ses amies va assister au cours et elle veut l'impressionner.

— Oh ! Si j'avais su, je me serais un peu mieux préparée. Je déteste quand on nous annonce ce genre de choses au dernier moment. C'est qui, cette amie ? Tu crois que c'est elle qui va remplacer Miss Laura pendant son congé maternité ?

— Aucune idée, répond Jodie en haussant les épaules. En tout cas, je suis super stressée de danser avec les plus grandes et je me suis dit que j'allais m'échauffer un peu avant. Si je me débrouille bien, Miss Élise me fera peut-être sauter un niveau, comme toi. Elle m'a dit que j'étais quasiment prête pour les pointes !

— Génial ! J'espère que ça va marcher !

— Ça fait mal ? me demande-t-elle. Les pointes ?

— Un peu, au début. Mais au bout d'un moment, on ne sent plus rien.

Jodie hoche la tête. Elle se met en position près de la barre et commence à s'exercer. Pendant la demi-heure qui reste avant l'arrivée des autres, on travaille côte à côte, concentrées et heureuses.

Jodie ne s'est pas trompée : deux filles du niveau 6 et une du niveau 5 nous rejoignent. L'invitée de Miss Élise est une femme mince et gracieuse, aux cheveux gris ramassés en un petit chignon de danseuse.

— Je vous présente Sylvie, une amie très chère, nous annonce Miss Élise. Elle est professeur de danse. Je lui ai demandé de venir observer un de nos cours.

Je compte sur vous pour donner le meilleur de vous-mêmes en son honneur !

Je me redresse, lève le menton, et lorsque la musique commence, je me laisse emporter. Mes bras sont aussi légers que la soie, mes jambes aussi dures que l'acier, tout mon corps est tendu comme un arc mais aussi souple que les branches d'un arbre agitées par la brise. J'entends Miss Élise commenter nos performances comme d'habitude :

— Lucy, attention à tes orteils ! Jasmine, concentre-toi, tu perds le rythme ! Sushila, tends-moi cette jambe… un petit effort ! Au travail, Amanda ! Tu rêvasses ! Jodie, excellent, continue !

Elle ne me fait aucune remarque et au bout d'un moment, je me perds dans la musique, j'oublie Miss Élise et son amie, j'oublie Jodie, je ne pense plus qu'à la danse.

Après le cours, un nuage de déodorant flotte dans le vestiaire où tout le monde bavarde.

— Je me demande pourquoi Miss Élise a fait venir son amie, s'étonne Jodie. Elle a l'air stricte, mais je crois qu'elle s'y connaît. Elle t'a beaucoup regardée, Summer, et moi aussi. On a drôlement bien dansé toutes les deux !

— Tu penses que c'est une danseuse profession-nelle ? je lui demande. En tout cas, on dirait. À cause de sa façon de se tenir. Elle va peut-être donner des cours à mon groupe. Ça serait chouette de changer un peu de prof ! Ça ferait un nouveau défi !

Miss Élise apparaît à la porte. Jodie, Sushila et moi devrons la rejoindre dans son bureau dès que nous serons prêtes. On termine de se recoiffer et on attrape nos sacs en échangeant des regards inquiets.

Sushila fait partie du niveau des grandes.

— Vous croyez qu'on va avoir des ennuis ? nous interroge-t-elle. Miss Élise n'arrête pas de me dire de faire des efforts, de travailler plus dur !

— Mais elle a complimenté Jodie, et moi elle ne m'a fait aucune remarque, je lui rappelle. On ne va quand même pas toutes se faire remonter les bretelles, si ?

Pourtant, j'ai le ventre serré au moment de frapper à la porte.

— Entrez, mesdemoiselles ! s'écrie Miss Élise.

On a plus l'impression d'être dans un salon que dans un bureau. La dernière fois que je suis venue ici, c'était parce que maman avait oublié de payer mon inscription, l'année où papa est parti. On s'était assises côte à côte sur le canapé et Miss Élise nous avait expliqué qu'elle n'était pas prête à renoncer à une danseuse comme moi. Elle avait dit à maman qu'elle pouvait prendre tout le temps qu'elle voudrait pour payer. Maman avait vendu son vélo et réglé la cotisation le lendemain, mais je n'oublierai jamais la gentillesse de mon professeur. Elle avait compris à quel point ç'aurait été horrible pour moi de ne plus pouvoir danser.

Miss Élise et son amie sont installées dans des fauteuils et boivent du thé dans de jolies tasses en porcelaine. Nous prenons place sur le canapé, un peu gênées, pendant qu'elle nous sert du sirop et dispose des biscuits sur une assiette.

— Sushila, Jodie, Summer… je voulais vous présenter Sylvie Rochelle, commence-t-elle. Elle a été impressionnée par votre travail aujourd'hui. Bravo !

— Merci, Miss Élise, répond Jodie avec un sourire radieux. Merci, Miss… euh… Rochelle.

— Merci, répète Sushila.

J'ai oublié toutes mes bonnes manières. Le nom de cette dame élégante me dit quelque chose. Quand je me tourne vers elle, elle me sourit par-dessus sa tasse de thé et je la reconnais tout à coup. J'ai mis un peu de temps à cause de son chignon gris, car sur le poster de ma chambre, Sylvie Rochelle a les cheveux noirs, une couronne de fleurs carmin et un tutu en soie et tulle écarlate.

— Sylvie Rochelle… je murmure. Vous avez dansé avec le Royal Ballet dans les années soixante-dix ! J'ai une photo de vous dans le rôle de l'Oiseau de feu !

— Ah, oui…

Sylvie sourit. Elle parle avec le même accent que Jules.

— Ça remonte à bien longtemps. Après ça, j'ai dansé pour quelques petites compagnies françaises, mais depuis quinze ans je me consacre à l'enseignement. J'ai d'abord donné des cours en France puis à l'école du Royal Ballet.

— Ouah ! je m'écrie. C'est… incroyable !

— Il y a environ un an, Sylvie a commencé à travailler sur un nouveau projet, nous explique Miss Élise. Une grande école de danse indépendante dans le sud de l'Angleterre, avec un internat. Un peu comme celle du Royal Ballet, mais en plus moderne. Dans un ancien collège de jeunes filles entièrement rénové, elle a fait installer un théâtre et des studios de répétition dernier cri, puis elle a recruté des professeurs du monde entier. Les cours commencent en septembre…

Jodie croque un biscuit, les yeux écarquillés. Sushila s'étrangle avec son sirop. Quant à moi, je n'ose même plus respirer.

— Élise est une très bonne amie, enchaîne Sylvie. Elle me répète depuis longtemps qu'il faudrait créer une école spécialisée plus… plus ouverte, disons. Quand elle m'a demandé de venir voir ses élèves, j'ai été ravie. Nous organisons au mois d'août une audition pour les dernières places de la Rochelle Academy. J'aimerais beaucoup que toutes les trois, vous tentiez votre chance.

— C'est pas vrai ! s'exclame Sushila.

— Moi ? bafouille Jodie. Vraiment ? Moi ?

Je suis incapable de prononcer un mot.

— C'est juste une audition, précise Miss Élise. D'autres filles essaieront de décrocher ces places, et la compétition sera rude. Sylvie est à la recherche de nouveaux talents et de gens motivés, d'élèves qui n'auront pas peur de travailler dur et de faire passer la danse avant tout le reste. Si vous n'êtes pas prêtes à ça, cette audition n'est pas pour vous.

— On est prêtes, je réplique aussitôt. On y arrivera, c'est promis.

— Vous avez huit semaines pour vous préparer, ajoute Sylvie Rochelle en reposant délicatement sa tasse de thé. Ne perdez pas de temps. Chacune de vous a du potentiel, mais je veux plus. Je veux voir du talent, de la passion, de la soif de réussite. Vous devez me convaincre que vous méritez une place dans mon établissement.

Mon cœur bat à toute vitesse et je ne peux m'empêcher de sourire. Quand j'ai raté l'examen d'entrée à l'école du Royal Ballet, j'ai cru que je devrais renoncer à mon rêve pour toujours. Pourtant, je m'y suis accrochée. J'ai parfois même l'impression que c'est grâce à ça que j'ai tenu le coup ces deux dernières années. Je n'ai pas cessé de travailler, d'espérer, et je me suis juré que si un jour on me donnait une seconde chance, je ne la laisserais pas passer.

Il faudrait être fou pour laisser échapper son rêve une deuxième fois, non ?

6

Quand j'arrive à Tanglewood, Skye m'attend, perchée sur le portail. Elle descend d'un bond et court à ma rencontre, ses cheveux blonds flottant derrière elle.

— Alors ? me demande-t-elle. Qu'est-ce qui s'est passé ? Je sais qu'il s'est passé un truc ! Une bonne nouvelle ?

Même si ça n'arrive plus aussi souvent qu'avant, ma jumelle arrive parfois à lire dans mes pensées et moi dans les siennes. C'est ce qui s'est produit en février, quand elle est tombée malade et s'est évanouie dans la neige le soir de notre fête d'anniversaire… j'ai senti qu'elle s'éloignait et j'ai su tout de suite où la chercher dans la forêt. Skye dit que je lui ai sauvé la vie. Moi, je n'en suis pas si sûre ; on aurait sûrement fini par la retrouver.

Aujourd'hui, c'est elle qui a eu une intuition.

— Ça a un rapport avec la télé et le film qu'ils vont tourner ici cet été ? essaie-t-elle de deviner. Ils vont prendre des figurantes à l'école de danse ? Ça serait génial !

Je sors enfin de ma bulle.

— Non, rien à voir avec le film.

Depuis qu'on a appris qu'une équipe de tournage allait s'installer à Tanglewood, on espère toutes décrocher un petit rôle. Sauf que maintenant que je sais que maman et Paddy vont partir, je n'en ai plus très envie. J'ai peur que ces gens n'envahissent la maison et ne fassent comme chez eux… sans maman pour mettre de l'ordre dans tout ça, ça va être le bazar.

Je n'aime pas beaucoup le bazar, au cas où vous ne l'auriez pas remarqué.

— C'est lié à la danse, alors ? insiste Skye. Dis-moi, Summer, s'il te plaît !

— J'ai du mal à y croire, mais on m'a proposé de passer une audition pour intégrer une nouvelle école ! je lui explique. Une école spécialisée avec un internat. Et la directrice, c'est Sylvie Rochelle, la danseuse française qui est sur le poster de *L'Oiseau de feu* dans la chambre ! Elle m'a sélectionnée, avec Jodie et une fille plus vieille qui s'appelle Sushila… elle veut qu'on se présente à l'examen d'entrée. Tu te rends compte ?

— Ça ne m'étonne pas, déclare Skye. Tu es super douée, tu sais ! Ma sœur est une star !

— C'est juste une audition, rien n'est gagné. Je vais devoir travailler comme une folle si je veux avoir une chance de réussir…

— Tu travailles toujours comme une folle. Tu vas y arriver, j'en suis sûre.

C'est ça, comme à Londres, murmure la petite voix dans ma tête. La panique m'envahit. Ça faisait un moment que je ne l'avais pas entendue, mais le message est clair : pour elle, je vais forcément échouer. Je prends une grande inspiration et je serre les dents. Cette fois-ci, pas question que je sois recalée.

Le vendredi, quand Skye, Coco et moi rentrons du collège, nous trouvons maman assise à la table de la cuisine en train de boire du thé et de feuilleter une brochure de la Rochelle Academy.

— J'ai reçu ça aujourd'hui, m'annonce-t-elle. Avec une lettre de Miss Élise et tout un tas de formulaires à remplir. On peut même demander une bourse. Ça a l'air formidable, Summer, mais ce serait un sacré changement et un grand pas en avant. C'est vraiment ce que tu veux ?

Autant me demander si je veux vraiment respirer.

— Évidemment ! Tu imagines un peu ? Je croyais que je n'avais plus aucune chance de devenir danseuse, et finalement, peut-être que si ! Ce n'est peut-être pas juste un rêve !

— J'ai toujours dit qu'à force de détermination, on obtient ce qu'on veut, acquiesce maman. Mais tu choisis une voie difficile, Summer. Je veux simplement m'assurer que tu y as bien réfléchi.

Je ne pense qu'à ça depuis que j'ai rencontré Sylvie Rochelle. Je ne pense qu'à ça depuis des années.

— Oui, j'ai bien réfléchi.

— D'accord, soupire-t-elle. Nous te soutiendrons jusqu'au bout, Paddy et moi. Tu es douée, Summer, je l'ai toujours su. Ta place est là-bas, c'est évident.

Je me laisse tomber sur une chaise à côté d'elle en me mordant les lèvres.

— C'est juste une audition, je lui rappelle. Il ne reste que quelques places, et des élèves vont venir de tout le pays. Je ne serai peut-être pas prise.

— Mais si, intervient Skye d'une voix décidée. Je sais que tu vas réussir.

J'aimerais bien être aussi confiante.

— Ça a l'air génial, continue-t-elle en feuilletant la brochure. Un vrai manoir à l'ancienne. C'est super joli.

— Je suis trop jalouse ! déclare Coco. Un internat ! Comme Poudlard ! La classe !

— Oui, c'est classe, j'acquiesce, mais je ne crois pas que ça ressemblera à Poudlard. À la place des baguettes magiques et des capes d'invisibilité, il y aura plutôt des justaucorps et des jambières…

Je regarde les photos en couleurs, l'emploi du temps avec cours le matin et danse l'après-midi, la liste des professeurs (d'anciens danseurs professionnels pour la plupart). Je me demande si je vais vraiment danser un jour dans ces studios tout neufs, si je vais vraiment vivre ce rêve. J'ai mal au ventre tellement j'ai le trac.

— Il y a juste un petit problème, souligne maman. D'après la lettre, ton audition est prévue pour la mi-août… Paddy et moi serons encore en lune de miel. J'aurais voulu t'accompagner, visiter l'école et discuter avec Sylvie Rochelle. Je veux être sûre que tu seras bien là-bas.

— Oh… tu ne seras pas encore rentrée ?

— Ton audition a lieu le samedi matin, et nous rentrons le lendemain. Ça tombe mal, mais on n'y peut rien. À moins que je les appelle pour voir s'il est possible de reporter…

— Non, surtout pas ! Beaucoup de monde va se présenter. J'irai à la date prévue.

J'aime suivre les règles, et je n'ai pas envie qu'on les change pour moi, d'avoir l'air de faire un caprice. Et si Sylvie Rochelle pensait que je ne suis pas assez motivée, et que j'ai peur de danser sans ma maman ?

Je me force à sourire.

— Ça ne fait rien, maman. Tu auras le temps de visiter l'école plus tard si je suis prise. Miss Élise m'emmènera, et je serai avec Jodie et Sushila.

Maman soupire.

— Je sais, je sais. Mais tu es sûre que tu vas t'en sortir, toute seule ?

Même si elle ne le dit pas, je devine que maman pense : « après ce qui s'est passé la dernière fois ».

Oui, bon, ça va. Je sais que papa était en retard, que je suis arrivée en nage, que j'ai laissé passer ma chance.

Tout ça, c'était ma faute. J'aurais dû me douter que mon père serait trop pris par ses affaires pour se soucier de moi. Mais à l'époque, je croyais encore pouvoir tout arranger et recoller les morceaux de notre famille. Je voulais qu'il me voie danser, qu'il soit fier de moi, qu'il m'aime au point de renoncer à divorcer.

Ce n'est pas ce qui s'est passé. Je me suis écroulée devant lui et j'ai bien vu ce qu'il pensait, même s'il essayait de le cacher. Il était déçu. Je n'étais pas assez bonne, ni pour le Royal Ballet ni pour lui.

Peut-être que cette fois, si je suis à la hauteur, je pourrai enfin regagner son amour.

Maman passe son bras autour de mes épaules et m'attire contre elle.

— Tu vas y arriver, Summer. Et même si je ne suis pas là, je croiserai les doigts pour toi, de toutes mes forces.

7

— Tu rigoles, hein ? s'écrie Zack quand je lui parle de l'audition. Dans un internat ? Sérieux ?

Je hausse les épaules pour me débarrasser de son bras qui m'oppresse, comme si je voulais enlever une veste trop chaude. On marche sur la plage de Kitnor, pendant que le soleil s'enfonce lentement dans l'océan bleu ardoise. Ça devrait être un moment romantique, mais c'est tout le contraire. Je suis juste énervée. Je ne m'attendais pas à ce que Zack comprenne, mais il pourrait au moins se réjouir pour moi.

— Mais enfin, tu ne vois pas que c'est important ? je lance. Des occasions pareilles, ça n'arrive pas souvent ! Une ou deux fois dans une vie, pas plus…

Zack secoue la tête.

— Non, franchement, je ne pige pas. OK, tu aimes la danse. Et après ? Tu ne peux pas attendre et faire une fac de danse ou je ne sais pas quoi ?

— Ça ne marche pas comme ça. Pas si on veut faire partie des meilleurs. Il faut commencer très jeune, avoir de très bons professeurs, travailler très dur. J'ai beaucoup de chance d'avoir été sélectionnée. Si je réussis cette audition, je pars. Je n'ai pas le choix !

Il passe la main dans ses cheveux avec un air exaspéré.

— Tu passes déjà tout ton temps à danser. Ça ne suffit pas ?

— Non ! Si je reste dans cette école, je vais finir par stagner, et moi je veux plus. À la Rochelle Academy, j'aurai des cours normaux le matin, et des entraînements tout l'après-midi, avec des professeurs qui ont été danseurs professionnels dans les meilleures compagnies du monde. Ça sera beaucoup plus intense…

— Et plus stressant, aussi. Tu es déjà obsédée par tout ça. Tu n'as que treize ans, Summer, tu as le droit de vivre !

Je voudrais lui répondre que justement, la danse, c'est ma vie – mais les mots restent bloqués dans ma gorge. Je sais que ce n'est pas ce qu'il a envie d'entendre.

— Et nous ? demande-t-il finalement, le visage boudeur.

Quoi, nous ? Je me retiens d'être désagréable.

— Ça ira, je le rassure. On pourra s'envoyer des textos, des mails. Et on se verra pendant les vacances.

— Ça ne sera pas pareil.

Je me rends compte tout à coup que si je pars, il n'y aura sans doute ni textos, ni mails. Zack est le genre de garçon qui veut une copine avec qui passer du temps, aller à des fêtes ou se promener main dans la main sur la plage. Une fille qui vit à cent cinquante kilomètres de chez lui, ça ne l'intéresse pas.

Sans compter qu'il y aura toujours des Marisa McKenna qui lui tourneront autour. Si je suis prise dans cette école, je le perdrai. Bizarrement, cette idée ne m'attriste pas autant qu'elle le devrait.

— Il faut qu'on profite à fond de cet été, conclut-il en passant à nouveau son bras autour de mes épaules et en m'attirant contre lui.

Cette fois, je me laisse faire. Au bout d'un moment, le soleil disparaît à l'horizon et le ciel devient pourpre. Il commence à faire froid.

Zack m'embrasse et j'essaie de me perdre dans ce baiser comme je me perds parfois dans la danse. Ça ne marche pas. Au contraire, les bras de mon petit ami, serrés autour de moi, me font l'effet d'une prison.

Quand j'arrive à mon cours de danse le lendemain, je trouve Jodie en train d'essayer une paire de pointes, vêtue d'un des justaucorps bordeaux qui sont réservés aux élèves de ma classe.

— Miss Élise pense que je suis prête, m'explique-t-elle, les yeux brillants. Elle a dit que si je travaillais assez dur, je pourrais monter un peu sur les pointes pendant l'audition. Ce n'est pas grave si je manque encore d'expérience. D'après elle, ils cherchent des gens qui ont du potentiel, même s'ils ont encore des choses à apprendre.

— Tu vas y aller, alors ?

— On n'a pas le choix, si ? Ce serait de la folie de refuser.

— Tu crois qu'on a une chance ?

Jodie sourit.

— Autant que les autres.

Pendant le cours, je la regarde faire ses premiers pas sur les pointes. Même si elle est encore hésitante et mal à l'aise, elle dégage une certaine grâce. Pour elle aussi, cette audition est cruciale. Est-ce que Sylvie Rochelle va juger son physique ou sa façon de danser ? Est-ce qu'on va encore lui reprocher de ne pas être taillée comme une danseuse ?

Miss Élise ne veut prendre aucun risque. Elle nous conseille à toutes les trois, Jodie, Sushila et moi, de prendre des cours particuliers pour nous préparer.

— Sans supplément, précise-t-elle en me jetant un coup d'œil. Si vous voulez, vous pourrez aider à encadrer le stage d'été en échange.

— Promis, je viendrai, je lance. Ça sera sympa.

— Chouette, moi aussi alors, dit Jodie.

— Parfait, conclut Miss Élise. Je tiens à ce que vous soyez toutes vraiment au point. Le jury vous demandera de travailler à la barre, puis d'exécuter une chorégraphie imposée – que je vous aiderai à répéter –, et enfin un programme libre. Chacune d'entre vous devra choisir un morceau de musique qui l'inspire, puis improviser à partir de là…

Je me mords la lèvre. Je suis déjà en train de passer en revue dans ma tête tous les ballets que je connais. J'adore ce genre de défis.

— Donnez le meilleur de vous-même, nous conseille Miss Élise. Ce serait excellent pour notre réputation si l'une d'entre vous décrochait une bourse chez Sylvie.

L'une d'entre nous. Il reste peu de places. Et nous ne serons pas les seules en compétition. Miss Élise me trouve douée, mais est-ce que je le suis assez ? J'ai des papillons dans le ventre. Ne pas être retenue… ce serait la fin du monde. Mais qui a dit que j'étais meilleure que Jodie, si gracieuse et énergique ? Ou que Sushila, qui a intégré le cours des grandes un an et demi avant moi et qui a tenu le rôle de Cendrillon pendant le spectacle de Noël ?

— Tu as le temps de boire un verre avant d'attraper ton bus ? me demande Jodie quand nous sortons sous le soleil de juin après le cours.

Nous nous installons dans un café face à la mer et commandons des smoothies et des parts de gâteau.

— Je suis tellement excitée par cette audition, avoue Jodie. Je n'aurais jamais cru avoir une seconde chance d'intégrer une école spécialisée. Maman trouve que je ne devrais pas m'emballer, vu ce qui s'est passé la dernière fois, mais je ne peux pas m'en empêcher. Oh, Summer, j'ai trop envie que ça marche !

— Moi aussi, je soupire en coupant un morceau de mon fondant à la mandarine. Au moins, on a déjà participé à une grande audition. On sait à quoi s'attendre.

— C'est ça, le problème. La dernière fois, j'avais l'impression que tout s'était très bien passé. Je sais que je leur ai plu. Mais après… tous ces commentaires sur la morphologie des danseuses, c'était horrible. Je me suis sentie nulle. Tu sais, il faut avoir la peau dure pour faire ce métier. Et savoir s'acharner. On ne peut pas baisser les bras !

— Jamais !

Mais est-ce que j'ai vraiment la peau assez dure ? La moindre critique me transperce le cœur. Parfois, cela me pousse à travailler davantage, mais il arrive aussi que ça me rende très malheureuse.

— Ça doit nous servir de leçon, je reprends. À la première audition, j'ai tout fait de travers. En fait, je n'étais pas préparée. Cette fois, ce sera différent.

— J'espère, soupire Jodie. Maman dit qu'à l'époque, j'étais un peu potelée mais que j'ai changé en grandissant. D'après elle, en ce moment, c'est la mode des filles pulpeuses !

— C'est vrai, je réponds, même si je pense le contraire.

Toutes les ballerines célèbres sont petites, minces et musclées. Jodie n'est pas au courant ou quoi ?

En la voyant engloutir son gâteau au chocolat recouvert d'une couche de crème au beurre, il faut croire que non. Quand on fait attention à sa ligne, on ne mange pas ce genre de truc.

Ni de fondant à la mandarine, murmure la petite voix dans ma tête.

Mes joues s'empourprent. Jodie n'est pas la seule à devoir faire attention. Dans ma bouche, la pâtisserie a soudain un goût amer. Même si c'est à base de fruits, je sais très bien que c'est plein de gras et de sucre. Je n'ai vraiment pas besoin de ça en ce moment. Contrairement à Jodie, j'ai compris le message : les danseuses doivent être fines et longilignes. Pas question d'être recalée pour une histoire de poids. Alors, avec une pointe de regret, je repousse mon morceau de gâteau à moitié mangé.

8

Alors que je suis en train de m'entraîner dans la chambre, Skye entre précipitamment.

— Ils sont là ! annonce-t-elle, le visage illuminé. Les gens de la télé ! Viens, Summer, on va les voir !

— Je suis occupée !

— Et alors ? Tu auras largement le temps pour faire tes exercices… et ce n'est pas tous les jours qu'une équipe de tournage débarque au village ! Ça ne t'intéresse pas ? On dirait que tu t'en fiches ! Allez, viens !

En fait, non, ça ne m'intéresse pas vraiment… J'ai déjà beaucoup de choses à gérer et je me serais bien passée des complications que le film va provoquer. Mais Skye est tout excitée, alors je finis par céder et je me laisse traîner jusqu'au champ du père de Junior. Un convoi de semi-remorques et des studios temporaires y sont installés.

On dirait un cirque. Il y a une cantine, une cuisine roulante, un camion de maquillage et tout un tas de caravanes et de chapiteaux. Deux roulottes de Gitans semblables à la nôtre sont plantées dans l'herbe.

Comme le tournage ne doit commencer que dans une semaine, il manque encore une bonne partie de l'équipe ; pourtant, l'endroit est déjà très animé. Une femme repasse de vieilles robes sous la tente réservée aux costumes, et deux jeunes peignent des décors qui évoquent une ancienne fête foraine. Les techniciens ont fait venir l'eau et l'électricité jusqu'au champ, monté des douches et des toilettes mobiles. De la musique et une odeur de curry flottent dans l'air.

— On se croirait à un festival, souffle Skye. On va être aux premières loges, et en plus, des gens de la production vont habiter chez nous !

Les acteurs principaux seront répartis dans des maisons de location un peu partout dans le village, mais le producteur, le réalisateur et quelques autres, qui ont besoin d'une connexion Internet et d'une ligne de téléphone indépendantes, vont passer l'été dans les chambres du bed and breakfast. Encore une chose dont je me serais bien passée.

— Ça va être bizarre, je marmonne en fronçant les sourcils. Un grand producteur qui vient chez nous alors que maman et Paddy ne sont pas là…

— C'est une productrice, me rappelle Skye. Elle s'appelle Nikki. Elle est déjà venue au printemps, pour les repérages…

— Ah oui… celle qui a un fils mignon. Comment il s'appelle, déjà ?

— Jamie Finn. (Les joues de Skye deviennent toutes rouges et sa voix tremble un peu.) Mais apparemment, ses amis l'appellent juste Finn...

Je regarde ma sœur. Je repense à ses questions, l'autre soir, à propos de ce que ça fait d'être amoureux. Et tout à coup, je comprends. Skye craque sur ce Jamie Finn qui va passer l'été à Tanglewood. J'aurais dû m'en douter quand il est venu avec sa mère, en février... Mais je n'avais pas vraiment fait attention à eux. À ce moment-là, je m'inquiétais car ma jumelle et moi n'étions plus aussi proches qu'avant. Et visiblement, il reste encore du travail pour que ça change vraiment.

— Alors comme ça... tu le trouves mignon, Jamie ? demande Skye.

— Toi oui, en tout cas ! je lance en souriant. Franchement, Skye, je me demande comment je ne m'en suis pas aperçue plus tôt. Quand il était ici, tu ne le quittais pas des yeux. Et je parie qu'il t'aime bien, lui aussi. C'est obligé !

Skye éclate de rire.

— À mon avis, il ne m'a même pas remarquée, mais... moi oui, j'avoue ! Tu crois que je pourrais lui plaire, Summer ? Tu es sûre ? Parce que toi, tu t'y connais. Tu as Zack...

Je me force à sourire pour cacher ma gêne. Oui, j'ai Zack, même si parfois je me passerais bien de lui. Sortir avec un des garçons les plus populaires du collège, c'était cool au début. Mais depuis quelque temps, ça ne m'amuse plus. Quand je suis avec Zack, je dois faire attention à ce que je dis, trouver des sujets de conversation, avoir l'air intéressée quand il me parle de son dernier jeu vidéo ou du match de foot qu'il vient de regarder. Ou quand il m'embrasse.

Finalement, je ne suis pas aussi experte en garçons que Skye l'imagine.

— Je suis sûre que tu plais à Jamie Finn, je déclare en espérant ne pas me tromper.

— Peut-être, soupire Skye. De toute façon, je ne vais quasiment pas le voir…

— Mais si ! Il va vivre chez nous, non ? Avec l'équipe de production. Vos yeux se croiseront au petit déjeuner, au-dessus d'une assiette de pain perdu, tandis que des violons vous joueront un air romantique…

— Tu peux éviter de gâcher cette merveilleuse scène avec Coco et son instrument de torture ? proteste ma jumelle. Les chats égorgés, très peu pour moi !

Elle me donne un coup de coude qui me fait tomber du muret sur lequel on est assises. Je l'entraîne dans ma chute et on s'écroule par terre, mortes de rire. Les jeunes peintres lèvent les yeux de leur travail pour nous regarder d'un air perplexe.

— Chut ! je murmure. Ils vont nous prendre pour des folles !

— Et alors ? On est folles, glousse Skye tandis que les peintres abandonnent leurs pinceaux, nous saluent et viennent vers nous.

Ils se présentent : ils s'appellent Chris et Marty, sont étudiants en scénographie et vont faire un stage ici cet été. On leur explique qu'on habite à Tanglewood, mais ils sont déjà au courant pour le bed and breakfast, la chocolaterie et les cinq demi-sœurs.

— On va aussi filmer votre roulotte, ajoute Marty avec un grand sourire. On va la descendre dans le champ avec les deux nôtres. C'est super beau, comme coin. Vous avez de la chance de vivre ici.

— C'est pas mal, je reconnais en haussant les épaules.

Alors je pense à la plage, à l'océan, à la forêt avec ses petits arbres tordus, aux champs vert mousse, aux collines, à la lande, aux cottages couverts de toits de chaume, aux vieilles boutiques du village... Tout ça me manquera si je pars – ou plutôt, quand je partirai – pour la Rochelle Academy.

Chris et Marty nous font visiter le campement. On entre sous la tente des accessoires, puis dans le camion réservé au maquillage et à la coiffure. Il y a des miroirs et des chaises pivotantes, des palettes de fards et des pots de rouge à lèvres, des sèche-cheveux, des fers à lisser et à friser. Quand on passe à la tente des costumes, Skye s'immobilise, fascinée par les rangées de robes brodées et de vestes en tweed fané.

— C'est la plus belle friperie du monde, souffle-t-elle.

Jess, la costumière, se met à rire et pose son fer à repasser pour nous montrer les vêtements. Quelques minutes plus tard, on tourbillonne devant elle, drapées dans des châles à franges, des paires de bottines à boutons aux pieds. Puis, une fois les robes raccrochées sur leurs cintres, Chris ouvre des cannettes de Coca. J'en prends une sans réfléchir et avale une gorgée de soda noir, sucré et pétillant.

— La semaine prochaine, j'aurai une assistante, nous explique Jess. Mais j'ai toujours besoin de petites mains en plus, alors si ça vous intéresse… Les costumes, c'est un travail de dingue quand on tourne une fresque historique. Ils ont prévu des scènes de foule, avec plein de figurants, et c'est l'horreur. Vous ne ferez rien de très glamour, je vous préviens : il faudra repasser, raccommoder, aider les acteurs à s'habiller…

— Oui, oui, ça m'intéresse ! s'écrie Skye, les yeux brillants. Je n'ai jamais été aussi intéressée de toute ma vie ! J'aimerais beaucoup, beaucoup vous aider !

— OK, dit Jess. Génial ! Et toi, Summer ?

Je ne réponds pas. Quelques semaines à traîner avec l'équipe du film, à s'occuper des costumes pendant qu'ils tournent quasiment dans notre jardin… au fond, moi aussi j'aurais adoré en profiter.

Mais c'est impossible puisque je vais passer mon mois d'août dans le studio de danse, à m'entraîner, répéter et répéter jusqu'à atteindre la perfection pour mon audition. J'ai un rêve à accomplir, un rêve qui n'a rien à voir avec la télévision, les vacances ou les petits boulots.

Miss Élise dit souvent que pour atteindre le plus haut niveau, il faut faire des sacrifices. Alors si ça veut dire que je vais moins m'amuser que les autres cet été, tant pis. Mon rêve est plus important que tout le reste.

— Peut-être, je finis par répondre à Jess.

Mais je sais déjà que je ne l'aiderai pas. Je ne peux pas me permettre de perdre du temps et de me laisser distraire, même par quelque chose d'aussi génial. D'ailleurs, je ne devrais même pas boire ce Coca. Ça me donne mal au cœur. Ce n'est que du sucre, des bulles et des calories inutiles.

Skye continue à discuter avec Jess. Elle lui parle de sa collection de robes en velours et de chapeaux cloche des années vingt. Je repose ma cannette et recule d'un pas dans l'ombre, à l'écart des autres.

9

Devant le présentoir à salades de la cantine, je me demande si je dois me contenter encore une fois de laitue, de tomates et de maïs, ou si je peux me permettre exceptionnellement un peu de pâtes au thon. Mon estomac crie famine.

Tommy, le garçon le plus pénible de la planète, vient se planter à côté de moi.

— On échange ? lance-t-il en passant son assiette de gâteau caramélisé à la crème anglaise sous mon nez. Allez… ça ne te tente pas, t'es sûre ?

Le gâteau a l'air délicieux, mais ce serait une erreur d'en manger. Le ministère de la Santé devrait coller des avertissements dessus : attention, mort possible par overdose de sucre. En même temps, il y a pire, comme mort…

— Dégage, Tommy, je soupire. Les danseuses ne mangent pas ce genre de trucs indigestes.

— Tu peux manger ce que tu veux, Summer. Tu es toute mince et jolie. Et quand tu danses, je parie que tu brûles un million de calories par seconde…

Mince et jolie ? Tommy sourit et soutient mon regard. Il est vraiment doué. J'ai failli prendre ça pour un compliment, jusqu'à ce que je me rappelle que son passe-temps préféré, c'est de se moquer des autres.

— Je t'observe depuis un moment, continue-t-il à voix basse. Tu ne manges plus que de la salade, on dirait un lapin.

Sous l'effet de la colère, un nœud douloureux me serre la gorge. Tommy n'a aucun droit de m'espionner. J'ai toujours aimé manger équilibré, même si ces derniers temps je me contente effectivement de salades. Je n'arrive pas à oublier ce qu'on a dit à Jodie à propos de son physique et il est hors de question que quelqu'un me fasse un jour la même critique. Rien ne pourra m'empêcher d'atteindre mon but : la Rochelle Academy.

— Alors arrête, je chuchote. Je ne t'ai rien demandé. Sérieux, Tommy, je n'ai vraiment pas besoin que tu me charries en ce moment.

— Qu'est-ce qui se passe ? demande Zack, qui vient de nous rejoindre et me prend par la taille comme pour marquer son territoire. Il t'embête, Summer ?

— Pas plus que d'habitude, je réponds. Tommy ne veut pas de son dessert, alors il me l'a proposé, mais… je n'en ai pas envie non plus, tu t'en doutes.

— Elle surveille sa ligne, déclare Zack avec un grand sourire. Et moi aussi, je la surveille. Donc à nous deux, ça va, on s'en sort. On n'a pas besoin de ton aide, Tommy. Dégage.

J'ai les joues en feu.

Plus ça va, moins je supporte Zack. Et voilà qu'il vient me tripoter en plein milieu de la cantine et sort au pitre de la classe qu'il surveille ma ligne – j'ai du mal à rester calme.

Tommy hausse les épaules d'un air triste, puis il me tend l'assiette de gâteau et s'éloigne. Le parfum de caramel et de crème anglaise me met l'eau à la bouche, mais je sais que mon corps n'a pas besoin de ça. Même une seule bouchée, ce serait une mauvaise idée. Pas vrai ?

Zack lève les yeux au ciel, attrape l'assiette et jette son contenu à la poubelle.

Signe que la fin de l'année est proche, on enchaîne les sorties scolaires et les tournois de sport. Quand il y a cours, les professeurs relâchent la pression, nous passent des films ou nous font faire des quiz. Comme j'ai moins de devoirs, ça me laisse plus de temps pour danser, même si j'attends avec impatience d'être en vacances pour pouvoir m'y consacrer à temps plein. Mes amies, elles, sont pressées d'être en congé pour d'autres raisons.

— Ça va être les vacances les plus géniales de ma vie, déclare Tina un midi, alors qu'on se repose au soleil en faisant des couronnes de pâquerettes.

Pendant que les filles se régalent de chips et de donuts, moi, je grignote une pomme.

Discrètement, je prépare mon emploi du temps des trois prochaines semaines au dos de mon agenda. J'y inscris les cours de danse habituels, les dates des leçons supplémentaires et les jours où le studio est libre. Je prévois aussi des créneaux pour travailler à la maison sur mon programme libre, et du temps pour réviser les bases.

— On a treize ans, nous rappelle Tina entre deux bouchées de beignet. Maintenant qu'on est des vraies ados, on a intérêt à en profiter au maximum !

— C'est clair, acquiesce Millie en nous donnant un petit coup de coude, à Skye et à moi. Surtout vous deux, vu que vous n'aurez pas vos parents sur le dos pendant trois semaines ! On va tous faire la fête à Tanglewood !

— Aucune chance, répond Skye en riant. Notre grand-mère va venir nous surveiller. Il faudra qu'on soit sages comme des images !

Millie hausse les épaules.

— Les grands-mères, c'est plus cool que les parents, non ? On peut les baratiner facilement. Il suffira de dire que votre mère vous manque et que vous avez besoin d'une grande fête avec tous vos amis pour vous consoler…

— Ça ne serait pas très sympa pour Mamie Kate, j'interviens.

J'ajoute à mon planning la liste des choses que je pourrai faire pour aider ma grand-mère. Soudain, je fronce les sourcils. Mes journées vont être sacrément chargées. Ça ne va pas me laisser beaucoup de temps pour mes amis.

— Allez, insiste Tina. Un film va être tourné juste devant chez vous, et il y a toute une équipe de télévision dans le champ d'à côté. Sans parler des chefs qui logent dans le bed and breakfast. Ça fait des années qu'il ne s'est pas passé un truc aussi dingue à Kitnor ! Vous êtes obligées d'organiser au moins une ou deux fêtes !

Tina se penche par-dessus mon épaule pour regarder ce que j'écris.

— Summer ! On dirait que tu te prépares à passer un été horrible !

Elle m'arrache le stylo des mains et écrit « FÊTE » en gros en travers de la page, pour que je comprenne bien le message. Mon emploi du temps tout propre est fichu, mais je me retiens de râler.

— C'est vrai qu'on pourra peut-être faire une soirée, réfléchit Skye. On va essayer de convaincre Mamie Kate !

Tina, Millie et Skye se mettent à parler de feux de camp, de pique-niques, des garçons du collège qu'elles pourraient inviter et des acteurs mignons qu'elles vont peut-être rencontrer sur le plateau… Silencieuse dans mon coin, je décide de recopier mon planning dès que je serai rentrée à la maison. Sans le mot « FÊTE ». Puis je cueille des pâquerettes pour tresser une couronne.

— Il y aura des jeunes, c'est forcé, continue Millie. Il faut bien que tous les âges soient représentés. Et s'ils sont acteurs, ils seront forcément sexy.

— De toute façon, ils seront toujours mieux que ces imbéciles, commente Tina.

Elle jette un coup d'œil aux garçons qui font la course en portant leurs copains sur le dos, Tommy en tête. Ils titubent, braillent et secouent les bras dans tous les sens.

— Déprimant… reprend-elle. Sans vouloir te vexer, Millie, je sais que tu aimes bien Tommy… Il n'est pas moche, mais c'est vraiment un crétin !

Millie et Tommy sont sortis ensemble pendant notre fête d'anniversaire à Skye et moi. Mais depuis, ils s'évitent. Tommy reste poli et distant, comme s'ils ne s'étaient jamais embrassés. Pourtant, je crois que Millie craque encore un peu pour lui. Chacun ses goûts, hein.

Tout à coup, on entend un hurlement effrayant : c'est Sid Sharma qui se précipite vers nous, Tommy sur le dos. Sid s'arrête au milieu de notre groupe et laisse tomber son copain, qui s'écroule à nos pieds. Son pantalon a glissé, révélant un caleçon vert anis à pois blancs. Sid repart en courant, mort de rire, pendant qu'on se cache les yeux d'un air dégoûté.

— Dégueu ! s'écrie Tina. Rhabille-toi, Tommy !

— Je me sens mal, ajoute Millie. Les filles, c'est officiel : il ne m'intéresse plus du tout.

— Désolé ! s'excuse Tommy avec un grand sourire avant de remonter son pantalon. Sid est vraiment lourd. Il se croit drôle.

— Il ne l'est pas, je réponds sèchement. Et toi non plus, Tommy. Dégage, OK ? On discutait de choses sérieuses, nous !

— Mais je peux être sérieux, moi aussi ! proteste-t-il. Continuez, les filles. Ne vous occupez pas de moi. J'aime bien les débats politiques, la culture, et… euh… enfin, tout. Allez-y, discutez !

Millie lui jette un regard glacial, puis elle lui tourne le dos.

— Bon… On parlait du film qu'ils vont tourner au village cet été.

— Cool, la coupe Tommy en se penchant par-dessus son épaule pour me faire une grimace. Ça me va.

— Ignore-le, Millie, je soupire. C'est la seule chose à faire.

— Je sais, ne t'inquiète pas. Donc, j'allais vous demander, vous croyez qu'on aura le droit d'assister au tournage ? Si ça se trouve, ils vont nous repérer dans la foule et nous donner un rôle. Je vais peut-être être remarquée et devenir riche et célèbre, comme Emma Watson ou je ne sais pas qui…

— Ne te fais pas trop d'illusions, Millie, intervient Tommy. Si je me souviens bien, la dernière fois que tu as joué dans le spectacle de l'école, tu as oublié ton texte et tu es tombée de la scène.

— Mais j'avais six ans ! se défend Millie. Franchement, Tommy, j'ai fait BEAUCOUP de progrès en théâtre depuis.

— Peut-être, admet-il. Mais… s'il y a une chance que quelqu'un obtienne un petit rôle, je pense que ce sera Summer. Elle a carrément l'habitude d'être sous les projecteurs. Elle serait géniale.

Tommy sourit et, comme d'habitude, un vent de panique m'envahit. Je déteste qu'il me fasse marcher comme ça. Depuis que je le connais, il s'est toujours moqué de moi. Ce qu'il vient de dire aurait pu passer pour un compliment, mais je suis sûre qu'il a une idée derrière la tête.

— C'est pas drôle, Tommy, je râle.

— C'était pas mon intention, réplique-t-il.

Puis il me fait un clin d'œil, me pique la couronne de pâquerettes que je viens de terminer, la fourre dans sa poche et s'en va tranquillement. Certains garçons sont vraiment insupportables.

— Là, c'est sûr : pas question d'inviter les mecs du collège à nos fêtes sur la plage et à nos pique-niques, décrète Millie.

— Et Zack ? demande Tina. On ne peut pas leur interdire à tous de venir !

Je ne peux pas m'empêcher de penser qu'au fond, ça me plairait bien de ne pas voir Zack de l'été. Je me sens coupable. On n'est pas censé se lasser aussi vite de son copain, surtout quand il est aussi populaire.

— Zack pourra venir, évidemment, la rassure Millie. Il est avec Summer ! Les garçons cool, pas de problème… mais pas Tommy Anderson !

— Tommy n'est pas si méchant, intervient Skye. C'est quand même un pote, non ?

— Mouais… répond Tina. Tant qu'il garde son pantalon.

— Vous êtes trop gentilles, soupire Millie.

Mais à son sourire, je vois qu'elle est déjà ailleurs, en train de rêver d'un long été ensoleillé, de plages, de baignades, d'un tournage excitant et de longues soirées autour d'un feu de camp à rire et à s'embrasser au son de la guitare.

Tout ça me paraît si loin. Quand j'essaie d'imaginer la scène, je ne vois que du noir, comme si je regardais l'écran d'un ordinateur en panne. J'écoute ma sœur et mes amies évoquer d'interminables journées d'amusement à venir, alors que je ne pense qu'à la danse, à l'audition et à mon rêve sur le point de se réaliser. Je range mon agenda dans mon sac pour ne plus voir l'emploi du temps fichu.

Ce grondement douloureux dans mon ventre, est-ce que c'est du stress ou de la faim ?

10

C'est la dernière semaine de l'année scolaire. Paddy et maman se préparent à partir. Notre roulotte a été installée dans la forêt pour créer un des décors du film. Paddy a engagé Harry, un professeur à la retraite, qui va s'occuper de la chocolaterie en son absence. Tous les matins, il grimpe jusque chez nous sur sa vieille bicyclette, pour découvrir les mystères des truffes en chocolat. Il est sympa et excentrique, avec une grosse moustache grise et une collection de nœuds papillons.

Un matin, Paddy nous rassemble pour faire le point.

— Harry s'occupera des tâches quotidiennes à l'atelier. Il s'assurera que tout fonctionne bien. Il y a assez de stock dans les frigos pour tenir des années, donc il n'aura sans doute pas besoin de préparer d'autres chocolats. Mamie Kate se chargera de déposer les chèques à la banque et gardera un œil sur le site Internet. On ne sera partis que trois semaines, et comme on n'a pas passé d'annonce depuis un moment, ça devrait être assez calme…

— Arrête de t'inquiéter, Paddy, le coupe Harry. Tu peux compter sur moi. Et si jamais les commandes se mettent à pleuvoir, les filles me donneront un coup de main, pas vrai, mesdemoiselles ?

— Bien sûr, Harry, répondent Skye, Cherry et Coco en chœur.

Moi, je hoche juste la tête en espérant qu'il n'aura pas besoin de moi, parce que je ne vois pas comment j'aurais le temps de l'aider. Je n'ai encore aucune idée pour mon programme libre, et il va falloir que je trouve quelque chose très vite. Malgré ce que j'ai promis à Miss Élise, je ne suis même pas sûre de pouvoir encadrer le stage d'été. Ce sera trop près de la date de l'audition.

Honey a visiblement moins de scrupules que moi. Elle se contente de hausser un sourcil d'un air amusé. Ça m'étonnerait que Harry puisse compter sur elle pendant l'absence de maman et Paddy.

Alors que je commence tout juste à m'habituer à la présence de Harry, Tanglewood est soudain envahi de nouveaux visages. L'équipe de production du film s'installe dans les chambres du bed and breakfast et transforme la salle à manger en bureau. On croise des gens dans l'escalier ou on les aperçoit dans le jardin le soir, pianotant sur leurs ordinateurs portables en profitant des derniers rayons du soleil. Ils ont l'air cool, créatifs et tout le temps débordés.

— On sera assez autonomes, nous explique Nikki, la productrice, en buvant une tasse de café noir à la table de la cuisine. Vous n'aurez pas besoin de nous préparer des petits déjeuners chauds ni de faire les chambres tous les jours. La seule chose qu'on veut, c'est un endroit calme à l'écart du plateau pour travailler, avec une bonne connexion Wi-Fi et une ligne de téléphone fixe.

— Ça ne devrait pas poser de problème, la rassure maman. Il y aura des céréales, du pain et de la confiture dans la salle à manger, ainsi qu'un grille-pain, un micro-ondes et un petit frigo rempli de lait, de fruits et de jus d'orange. S'il vous faut quoi que ce soit d'autre, n'hésitez pas à le demander.

— On se fera tout petits, promis ! Même s'il est possible que Jamie ait envie d'un peu de compagnie de son âge quand il aura du temps libre... Il doit arriver samedi, après la fin des cours.

— Les filles s'occuperont de lui, répond maman. N'est-ce pas ?

— Oui, je confirme. On lui présentera nos amis et on fera en sorte qu'il ne se sente pas seul. Pas vrai, Skye ?

— Bien sûr, souffle ma jumelle.

Personne à part moi ne remarque qu'elle rougit.

Vendredi, le dernier jour du trimestre, est aussi notre dernier jour au collège d'Exmoor Park, à Skye et à moi. À partir de l'année prochaine, nous rejoindrons Honey et Cherry au lycée qui, chez nous, commence à partir de la quatrième. Maman, Paddy et tous les parents sont invités à une petite cérémonie organisée pour notre départ. Ils se serrent sur des chaises en plastique en s'essuyant les yeux, fiers et émus. Avant, quand j'étais en primaire, papa venait assister à ce genre d'événements – pièces de théâtre, concerts de Noël ou soirées parents-professeurs. Enfin, disons qu'il est venu une ou deux fois.

Un groupe de garçons interprète une chanson qui parle de décrocher les étoiles ; Tina lit un poème sur l'importance de toujours donner le meilleur de soi-même ; puis les profs nous passent un diaporama de photos retraçant nos années au collège. On nous voit dans des kayaks, à un concours de science, en voyage scolaire, ou en train de jouer *La Belle et la Bête* (j'avais eu le rôle de Belle, et bien sûr, j'avais adoré les scènes de danse).

Ça fait bizarre de se voir grandir en accéléré… les gamines sages dans leurs uniformes impeccables sont devenues des ados branchées. Au lieu de parler de poupées et de chevaux, on préfère maintenant discuter de musique, de maquillage et de qui craque pour qui.

On rit, on mâche du chewing-gum et on se remet du gloss dans les couloirs entre les cours, mais je me demande combien de filles aimeraient, comme moi, revenir en arrière, vers une époque plus simple où on n'avait pas à se soucier de soutiens-gorge, de règles et de garçons, où on pouvait jouer aux princesses ou manger une barre de chocolat sans penser aux calories. Parfois, j'ai l'impression de devoir jouer un rôle. On se parfume avec du déodorant à la fraise, on admire les groupes à la mode et on joue les grandes, en espérant que personne ne verra qu'au fond, on est toutes un peu perdues. À moins que je ne sois la seule à avoir cette impression ? C'est tellement dur de grandir.

Tina me donne un coup de coude et je reviens sur terre. Le directeur s'apprête à distribuer les prix. Tout le monde reçoit quelque chose. Il y a des récompenses pour « le plus beau sourire », « les cheveux les plus fous », « le regard le plus espiègle » et « les plus mauvaises blagues ». Évidemment, celle-là va à Tommy. Tina reçoit le prix de « génie des maths », Millie celui de « meilleure joueuse de basket », et Skye celui du « style le plus original ». Zack est déclaré « star du sport », et moi, je suis « la fille qui a le plus de chances de réussir ». Tout le monde applaudit en disant que Zack et moi, on forme un super couple.

Je souris tellement que j'en ai des crampes dans la mâchoire.

Plus tard, alors que l'après-midi se termine dans la bonne humeur, on écrit nos noms sur les tee-shirts de nos amis en promettant de ne pas se perdre de vue. Pour la plupart de mes camarades, ça ne devrait pas être trop difficile puisqu'ils vont presque tous dans le même lycée. Mais pour moi, ce n'est peut-être pas seulement la dernière journée au collège. Ça pourrait bien être ma dernière journée dans une école normale.

Je serre mon prix contre mon cœur, en me disant que cette feuille de papier plastifié sonne comme une promesse. Est-ce que ça signifie que je vais réussir mon audition ? Je l'espère vraiment.

Et si jamais tu échoues ? demande la petite voix dans ma tête. *Tu feras quoi ?*

J'essaie de ne pas y penser. Quand on est « la fille qui a le plus de chances de réussir », on ne peut pas se laisser aller.

11

En rentrant ce soir-là, nous trouvons Mamie Kate en train de balayer la maison comme une tornade. Les manches remontées, elle ordonne à maman de se détendre et de commencer à profiter de sa lune de miel.

Maman et Paddy s'installent dans le salon pour vérifier leurs passeports et leurs documents de voyage, finir leurs sacs et essayer de vieux chapeaux et d'affreuses sandales. Leurs esprits sont déjà à des milliers de kilomètres de nous, dans la jungle péruvienne, flottant dans un rêve de cacao biologique équitable, de lamas et de cité perdue des Incas.

— Soyez sages avec Mamie Kate, nous recommande maman. Tenez-vous bien et aidez-la à gérer la maison. Soyez polies et serviables. Et quoi qu'il arrive, n'oubliez pas de faire les chambres tous les samedis…

— On y pensera, maman, je la rassure. Tout est prévu : j'ai même préparé un planning. Ça va rouler.

— Couvre-feu à onze heures, pas plus tard, on est bien d'accord ?

— Promis ! répondons-nous toutes en chœur, sauf Honey, soudain très occupée avec son téléphone.

— Honey ? insiste maman.

Ma grande sœur lève la tête d'un air boudeur.

— Onze heures ? Sérieux ? J'ai quinze ans, pas cinq !

Maman lâche son sac et se tourne vers elle, les mains sur les hanches.

— On en a déjà parlé : ce sera onze heures, un point c'est tout. Il est hors de question que Mamie Kate s'inquiète en se demandant où tu es. Si tu n'es pas capable de respecter ça, on annule tout.

Le silence se fait. Paddy se passe la main dans les cheveux, désespéré. Honey finit par s'exclamer en riant :

— OK, OK ! Pas de panique, je plaisantais, ça va ! Je respecterai le couvre-feu. Juré.

Maman se détend et Paddy pousse un soupir de soulagement.

— Harry se débrouille très bien dans la chocolaterie, ajoute-t-il. Il ne devrait pas y avoir de problème de ce côté-là, mais si jamais…

— Ça ira, promet Skye.

— Tout est sous contrôle ! intervient Mamie Kate. Arrêtez de vous ronger les sangs ! Les filles et moi, on va très bien s'en sortir, et Harry fera tourner la fabrique avec une précision militaire. Vous n'avez plus qu'à partir et à profiter de vos vacances !

— Quand même, trois semaines… soupire maman. Il pourrait arriver n'importe quoi…

— Mais non, je dis.

Pourtant, au fond de moi, je me sens déjà mal. Je voudrais sauter au cou de maman, la serrer très fort, la supplier de rester – mais je me retiens, parce que ça ne se fait pas.

— Summer, j'aurais tellement aimé t'accompagner à ton audition, dit-elle en se tournant vers moi. Je sais combien c'est important à tes yeux. Mais je penserai à toi à chaque seconde pour te porter chance. Et dès que je pourrai, je t'enverrai des textos.

— Ça ne fait rien, je réponds en affichant mon plus beau sourire et en essayant de penser à des choses joyeuses.

Au moins, si je rate ma carrière de danseuse, je pourrai toujours me reconvertir dans le cinéma.

Malgré tout, quand maman me prend la main, je suis obligée de tourner la tête pour qu'elle ne remarque pas mes yeux pleins de larmes.

Le lendemain matin, on se lève tous à l'aube pour dire au revoir à maman et Paddy. Ils ont chargé leurs valises dans le minivan et maman regarde partout afin de vérifier qu'ils n'ont rien oublié.

— Coco, tu voudras bien promener Fred et nourrir les canards ? demande-t-elle. Et t'assurer que Joyeux Noël est bien enfermée dans l'étable tous les soirs ?

— Tu peux compter sur moi, promet ma petite sœur.

— S'il y a le moindre problème, appelez-moi, ajoute maman. Je garderai mon téléphone allumé en cas d'urgence…

— Il n'y aura pas d'urgence, décrète Mamie Kate – mais maman ne l'écoute pas.

— Je vous ai laissé de la soupe de lentilles, de la tourte et du ragoût de saucisse dans le congélateur, continue-t-elle. Attention à ne pas trop remplir le lave-vaisselle. Maman, surveille le site Internet de *La Boîte de Chocolats* et enregistre bien les commandes au fur et à mesure… encaisse les paiements au moins une fois par semaine… pense à arroser le potager…

— Détends-toi, Charlotte, lui dit Mamie Kate d'une voix douce. Il est temps de déconnecter et de te concentrer sur ton voyage.

Maman nous serre toutes très fort dans ses bras, puis Paddy nous ébouriffe les cheveux. Ils montent dans le van et Paddy démarre le moteur pendant que maman se penche à la fenêtre.

— Faites tout ce que vous demande Mamie Kate… et respectez le couvre-feu, OK ?

Puis, ils s'éloignent dans un crissement de pneus.

— On va très bien s'en sortir, lance ma grand-mère d'une voix enjouée en retournant vers la maison. Espérons qu'ils passent des vacances de rêve. Bon, maintenant, au boulot ! Qui veut du pain perdu pour le petit déjeuner ?

— Moi ! s'écrie Coco.

— Moi aussi, dit Skye en prenant Cherry par les épaules. On pourra en avoir tous les matins ? C'est mon plat préféré ! Tant qu'on n'a pas goûté au pain perdu de Mamie Kate, on ne connaît rien à la vie, ajoute-t-elle à l'intention de Cherry. Elle le prépare avec de la cannelle, du beurre et un filet de sirop d'érable… c'est trop bon !

— Cool, répond Cherry.

Il y a encore quelques semaines, j'aurais trouvé ça cool moi aussi. Mais aujourd'hui, ça m'énerve un peu qu'un repas bourré de calories soit censé me consoler du départ de maman. Et même si mon estomac crie famine, je commence à m'habituer à ce qu'il soit vide. Ça me rend plus légère et plus forte.

Les autres rentrent dans la maison. Honey bâille et déclare qu'on doit être folles pour parler de petit déjeuner au milieu de la nuit ; elle, elle retourne se coucher, peut-être bien jusqu'à midi.

Je me retrouve seule, plantée au milieu de l'allée de gravier, à regarder au loin alors que le minivan a disparu depuis longtemps.

12

Dans le studio de l'école de danse, je répète mes exercices et travaille sur le programme libre que je dois préparer pour l'audition. D'après l'horloge fixée au mur, ça fait deux heures que je suis là, mais je ne suis toujours pas satisfaite du résultat.

Mes mouvements devraient être souples, légers, faciles, et aujourd'hui je n'y arrive pas. Je me sens lourde, engourdie et perdue. J'attends désespérément que la musique m'envahisse et m'emporte loin d'ici, dans un monde intemporel et magique où seule la danse compte.

Je regarde par la fenêtre. Un avion traverse le ciel sans nuages, laissant derrière lui une traînée blanche et cotonneuse. Maman et Paddy se trouvent-ils à bord ? Impossible de le savoir.

Toute la matinée, mon téléphone portable a vibré au rythme des messages de maman. « Presque arrivés à l'aéroport » quand j'étais dans le bus ; « Bagages enregistrés, tout va bien » pendant que je me changeais ; « On vient de passer le contrôle de sûreté » au moment où je lançais le CD ; « On attend pour l'embarquement » quand j'ai trempé mes pointes dans la colophane ; et depuis vingt minutes, plus rien.

Maman et Paddy doivent maintenant être en route pour le Pérou, dans l'avion que j'ai aperçu ou dans un autre – loin d'ici. Je suis contente pour eux, car ils méritent vraiment ce voyage de noces… mais je ne peux pas m'empêcher d'être anxieuse.

Jusqu'ici, je n'ai jamais été séparée de maman plus de deux ou trois jours – quand j'allais dormir chez des amies, les rares fois où on est allées voir papa à Londres, ou bien lorsqu'elle a passé un week-end à Glasgow pour voir Paddy. L'année où papa est parti, l'école avait organisé un voyage scolaire au pays de Galles, avec des activités de plein air comme de la descente en rappel et de la randonnée. Mais ça nous brisait le cœur d'abandonner maman alors qu'elle allait si mal, qu'on manquait d'argent et que toute la famille tombait en morceaux. Alors Skye et moi, on avait jeté les papiers d'inscription sans même lui en parler.

Je sais que je suis assez grande pour survivre sans ma mère pendant quelques semaines. Je n'ai aucune raison de m'en faire, tout va bien se passer ! Et Mamie Kate est si gentille, calme et organisée. Ce n'est pas comme si on se retrouvait toutes seules. Mais alors, pourquoi est-ce que l'inquiétude me ronge le ventre ?

La porte de la salle s'ouvre et Jodie apparaît, en tenue de danse. Elle a l'air surprise de me voir.

— Tu es en avance, me lance-t-elle avec un sourire. Je pensais être la première !

Je ne lui dis pas que je suis là depuis plusieurs heures. Ces dernières semaines, je me suis entraînée beaucoup plus que d'habitude et je n'ai pas envie de passer pour une folle complètement stressée.

— Ça serait quand même génial si on était prises, reprend-elle. À partir de septembre, on ferait de la danse à plein temps ! Je n'arrête pas d'y penser. Je compte m'entraîner tous les jours jusqu'à l'audition.

— Moi aussi. Je ferais n'importe quoi pour avoir une place, n'importe quoi.

Jodie fronce les sourcils.

— Oui… enfin… le destin décidera ! Si on doit entrer dans cette école, on y entrera. Et sinon, c'est qu'elle n'était pas faite pour nous.

La colère m'envahit. Le destin n'a pas vraiment joué en ma faveur la dernière fois. Je n'arrive pas à croire que Jodie s'en remette à lui pour quelque chose d'aussi important. Comme s'il suffisait de danser de son mieux et d'espérer que le jury veuille bien nous donner une place ! Je ne suis pas d'accord. Il faut mettre toutes les chances de son côté pour être sûr de briller.

— On en rêve depuis toutes petites, Jodie. Si on se donne assez de mal, on y arrivera ! je déclare. On n'a pas le choix. Il faut foncer !

Elle hausse les épaules, sourit puis commence à s'échauffer. Je sens bien qu'elle trouve que j'exagère.

Mais elle a tort.

À l'heure du goûter, Jamie Finn arrive à Tanglewood, vêtu d'un jean, d'une vieille veste militaire et d'une paire de baskets rouges. Ses cheveux sombres et bouclés sont en bataille et il porte un énorme sac à dos. Nikki est allée le chercher à Londres en voiture, mais à la seconde où elle a remis le pied dans la maison, un de ses collaborateurs lui est tombé dessus et son fils s'est retrouvé tout seul.

Il entre dans la cuisine où nous avons préparé des smoothies et des meringues en son honneur.

— Enchantée, Jamie, le salue Mamie Kate. Bienvenue chez les fous !

C'est vrai que la scène n'est pas banale. Coco est en train de jouer du violon, perchée sur l'évier ; du coup, Skye a mis des cache-oreilles roses pour repasser en paix quelques-unes des robes vintage qu'elle doit prêter à Jess, la costumière. Cherry écrit des haïkus, blottie dans un fauteuil près de la vieille cuisinière, et même Honey est là, assise à table, en train de dessiner des portraits de tout le monde.

Quant à moi, en justaucorps, grand tee-shirt et jambières, je viens d'éteindre mon iPod après avoir répété mes exercices une dernière fois. Je n'ai pas bien dansé aujourd'hui, alors j'ai décidé de travailler dur pour corriger tous mes défauts, même si je dois y laisser ma peau. Contrairement à Jodie, je ne veux pas m'en remettre au destin.

Fred, le chien, et Joyeux Noël, l'agnelle, nous observent depuis leur coussin, dans un coin de la pièce. C'est plutôt rare qu'on soit tous rassemblés comme ça dans la cuisine, mais aujourd'hui, ce n'est pas comme d'habitude. Le départ de maman et Paddy nous a un peu déstabilisés.

Jamie Finn éclate de rire, pas du tout dérangé par ce spectacle.

— Merci de m'accueillir chez vous, dit-il poliment. Je suis tellement content de passer un peu de temps loin de Londres ! C'est la première fois que ma mère m'autorise à venir sur un tournage. Ça va être génial ! Au fait, appelez-moi Finn, comme tout le monde.

— Va pour Finn, acquiesce Mamie Kate.

Coco pose son violon en clignant des yeux. Honey hausse un sourcil, visiblement surprise que quelqu'un puisse préférer Kitnor à Londres. Je jette un coup d'œil à Skye. Elle qui comptait les jours en attendant l'arrivée de Finn a pourtant l'air stupéfaite de le voir là, dans notre cuisine.

— Salut ! lance-t-il lorsqu'il croise son regard. Comment ça va, Skye ?

Elle devient rouge comme une tomate et semble avoir perdu sa langue. Elle n'a peut-être pas entendu ce qu'il vient de dire à cause des cache-oreilles roses.

Elle se dépêche de les retirer et les jette dans le saladier à fruits, entre une nectarine et trois pommes vertes. Elle sourit à Finn, qui lui sourit, et soudain, il y a comme une odeur de brûlé. Difficile de savoir si elle vient des regards enflammés qu'ils échangent, ou du fer à repasser que Skye a laissé posé sur un de ses plus beaux jupons en dentelle.

— Skye, attention ! s'écrie Mamie Kate en débranchant le fer et en attrapant le jupon, orné d'une belle marque marron.

Mais Skye n'arrive pas à détacher ses yeux de Finn, même pas pour constater les dégâts. Lui aussi a l'air captivé. J'ai l'impression de voir un film à l'eau de rose, plein de ralentis et de flous artistiques. J'ai toujours trouvé que ces effets étaient exagérés. Dans la vraie vie, ça ne se passe du tout comme ça entre Zack et moi.

— Ouh-ouh ! appelle Mamie Kate. Skye ? Tu ferais mieux d'arrêter le repassage pour le moment, ma puce. Finn, tu veux bien aller chercher ta mère et lui dire qu'une bonne tasse de thé l'attend ici ? Ensuite je te montrerai ta chambre, et je suis sûre que les filles t'aideront à t'installer et à te sentir chez toi…

— Euh… OK.

Finn se détourne enfin de ma jumelle et part chercher Nikki avec un sourire béat. Skye, sortant de sa transe, examine son jupon fichu en fronçant les sourcils, l'air de ne pas comprendre ce qui s'est passé.

Malgré nos pouvoirs télépathiques, je ne suis pas sûre de comprendre non plus. Tout ce que je sais, c'est qu'il vient de se produire un vrai raz-de-marée.

Pas besoin d'être un génie pour voir de quoi il s'agit. Ma sœur est raide dingue de Jamie Finn, et lui, pareil. Je suis contente pour elle, mais j'ai la sensation que ma vie ne sera plus jamais la même.

Je me mords les lèvres si fort que j'ai un goût de sang dans la bouche.

13

Le lundi matin, Tina et Millie débarquent en courant dans la cuisine, un flyer à la main : l'équipe du film recherche des figurants. Une rémunération de cinquante livres est offerte à toute personne intéressée.

— On pourrait devenir célèbres ! s'exclame Millie en ouvrant de grands yeux. Si ça se trouve, on va même gagner un Oscar et marcher sur le tapis rouge au bras de Robert Pattinson !

— Calme-toi, je tempère. Robert Pattinson ne joue pas dans ce film.

— Lui, non, mais il y a un acteur de série très connu, souligne Tina. Assez sexy, en plus, dans le genre discret. Millie a raison, il faut qu'on se présente. Ils ne font pas d'audition ni rien. Il suffit d'y aller samedi pour les essayages. C'est énorme !

— C'est clair, renchérit Skye. Je vais donner un coup de main pour les costumes, alors j'essaierai de vous avoir un joli chapeau ou une ombrelle. Finn dit que ça va être marrant.

— Oh, alors si c'est Finn qui le dit... je la taquine.

J'ai parlé un peu sèchement, mais je ne crois pas que Skye l'ait remarqué. Depuis quelques jours, elle flotte sur un petit nuage.

Je reconnais qu'être figurant dans un film, ça doit être cool. Ce n'est pas tous les étés qu'on installe un plateau de tournage dans notre jardin. Mais en ce moment, je n'ai pas la tête à penser aux acteurs mignons ou aux costumes d'une fresque historique. Je dois me concentrer sur mes pliés et mes jetés, d'autant que j'ai prévu de passer la journée à la salle de répétition pour travailler sur mon programme libre. Je jette mon sac sur mon épaule et me lève.

— Tu vas où ? me demande Skye. Tu n'as pas cours de danse, aujourd'hui !

— Non, mais j'y vais quand même pour m'entraîner. Je dois choisir une musique pour ma chorégraphie. Quelque chose de bien.

— Mais… on va toutes à la plage ! proteste Tina. C'est le premier lundi des vacances… on voulait fêter ça, se baigner et bronzer ! J'ai même prévenu Zack ! Il a un match de foot, mais il a promis de nous rejoindre après. Allez, reste, Summer. Détends-toi un peu !

J'essaie de cacher ma contrariété. Je sais bien qu'elle veut que je fasse la « FÊTE », comme elle l'a écrit sur mon agenda, mais je n'ai pas le temps. La danse est mon unique priorité pour les semaines à venir ; traîner au soleil et mettre un chapeau de paille pour jouer dans un film ne fait pas partie du programme. En plus, pourquoi a-t-elle invité Zack ? Franchement, comme si j'avais besoin de ça.

— Allez, Summer… insiste Millie d'une voix cajoleuse. Ça te fera du bien.

— Je suis occupée, je rétorque d'un ton sec. Je n'ai pas le temps de me baigner et de bronzer. Désolée.

Et je sors de la cuisine en laissant claquer la porte derrière moi.

Ce n'est qu'une fois à l'école de danse que mon nœud à l'estomac disparaît. Je me dis que c'est à cause du stress, de l'audition, de mon programme libre, et de maman et Paddy qui sont partis au bout du monde.

C'est peut-être un peu la faim, aussi, vu qu'aujourd'hui je tiens grâce au Coca Zéro et à la motivation. La nourriture, comme la fête, ça sera pour plus tard.

Bien sûr, je ne m'attends pas à ce que Tina et Millie me comprennent, et je vois bien que Skye a d'autres choses en tête. Je m'excuserai tout à l'heure d'être partie comme ça, je leur expliquerai que je subis beaucoup de pression, et peut-être que samedi, je les accompagnerai pour la figuration.

La fête… je dois sûrement pouvoir réussir à caser ça dans mon planning.

Mais pas aujourd'hui.

Miss Élise est d'abord surprise de me voir, puis je lui explique que je suis venue chercher une musique et elle me tend une boîte pleine de CD classiques.

— Tu devrais trouver ton bonheur là-dedans. Si tu choisis bien ton morceau, le reste devrait suivre tout naturellement. Ce programme libre est la seule chose pour laquelle je ne peux pas t'aider, et c'est sans doute la partie la plus importante de l'audition, car il montrera à Sylvie qui tu es. Bonne chance, Summer !

Je monte me changer. J'enfile un grand tee-shirt par-dessus mon justaucorps et j'entre dans le studio. Après avoir travaillé à la barre et fait quelques pointes, je m'assieds à côté du lecteur et passe les CD en revue dans l'espoir de trouver l'inspiration. Sans succès. J'ai l'impression que toutes les musiques se ressemblent. Elles sont toutes vives, légères et délicates. J'ai besoin d'autre chose, de quelque chose de puissant et de dramatique.

Je repense au poster de Sylvie Rochelle qui orne le mur de ma chambre. Vite, je fouille dans la boîte et je finis par trouver un disque de *L'Oiseau de feu*. C'est beaucoup mieux : la mélodie de Stravinsky est forte, énergique, excitante. J'appuie sur « avance rapide » jusqu'à tomber sur un passage qui fait battre mon cœur un peu plus vite… un crescendo enflammé et chaotique. Alors que je déteste le chaos d'habitude, cet air me fait l'effet d'une bouffée d'oxygène. C'est lui que je cherchais.

D'après la pochette, il s'agit de la « Danse infernale » – celle que l'Oiseau de feu oblige les sujets du sorcier à danser pour rompre le sort qu'on leur a jeté.

Je l'écoute une deuxième fois, le sourire aux lèvres. Cette chorégraphie libre devrait me permettre de marquer des points pendant l'audition. J'ai toujours adoré composer des enchaînements et interpréter la musique, et maintenant que j'ai trouvé le morceau idéal, je devrais y arriver. C'est un air difficile, mais je crois que mon choix plaira à Sylvie Rochelle.

Tout l'après-midi, j'essaie différents pas et pirouettes, sans jamais être satisfaite. Je continue quand même. Je danse jusqu'à avoir mal partout, jusqu'à ce que la faim fasse gronder mon ventre, jusqu'à ce que mes orteils soient couverts de bleus et d'ampoules.

Je danse malgré la souffrance, comme si le fait de me punir pouvait suffire à remettre de l'ordre dans ma vie.

14

Quand je consulte mon téléphone dans le bus qui me ramène chez moi, je découvre quatre appels en absence et onze messages. Dans l'un d'entre eux, maman m'annonce que Paddy et elle sont à Lima, la capitale du Pérou. Les autres viennent de Skye, Millie, Tina et Zack : ils me disent que leur journée de farniente s'est transformée en soirée feu de camp, et que j'ai intérêt à les rejoindre vite fait.

Je pousse un grognement agacé. Le temps que j'arrive à la plage, le soleil est en train de disparaître à l'horizon et la fête a déjà bien commencé.

— Enfin ! s'écrie Zack en me voyant approcher. J'ai cru que tu ne viendrais jamais !

— Désolée. Je n'ai pas regardé l'heure, tu sais comment c'est…

Ses bras s'enroulent autour de ma taille pendant que je me tourne vers les autres. Shay Fletcher joue de la guitare à côté de Cherry ; Coco a mis des Chamallows à griller et Honey parade devant Junior, Chris et Marty. Tina, Millie, Sid, Carl et Tommy me font signe, mais je cherche ma jumelle qui n'a pas l'air d'être là.

— Où est Skye ?

— Là-bas, avec Finn, répond Zack. Ils ne se quittent plus, ces deux-là... c'est l'amour fou !

Skye et Finn sont assis sur une bûche à l'écart du feu, si proches qu'ils se touchent presque. Ils doivent se raconter leur vie ou je ne sais pas quoi, parce qu'ils n'arrêtent pas de parler. À mon avis, si on partait tous sur la pointe des pieds, ils ne s'en rendraient même pas compte. Je suis un peu vexée : après tous ses textos urgents, ma jumelle n'a même pas vu que j'étais arrivée.

Zack me raconte en détail le match de foot à cinq qu'il a disputé cet après-midi. Ça me paraît interminable. Mon sourire se fige, je commence à avoir des fourmis dans les lobes des oreilles. Tout à coup, sans prévenir, il se penche et me souffle dans le cou. Son haleine est aussi chaude et humide que celle de Fred quand il réclame une sucrerie. Sauf que si c'était Fred, je serais beaucoup moins gênée.

— Arrête, Zack ! je siffle. Tout le monde nous regarde !

— Et alors ? Tu es ma copine, j'ai le droit.

Je m'écarte et il fait la tête.

— Tu n'es pas drôle, Summer, soupire-t-il. Tu es vraiment... coincée, ces derniers temps. Tu ne penses plus qu'à la danse et à ta fichue audition !

— C'est faux ! je proteste, bien qu'il n'ait pas tort.

Je suis tombée amoureuse d'un garçon qui m'offrait des jolis cadeaux, et je me retrouve à supporter un fan de foot et de jeux vidéo. En guise de romantisme, j'ai droit à des baisers mouillés et des mains qui me tripotent un peu partout.

De l'autre côté du feu, Tommy me regarde d'un air pensif. Décidément, il est toujours dans nos pattes !

— Hé, Zack ! lance-t-il. Il paraît que tu as joué comme un dieu aujourd'hui. Trois buts !

Je n'ose pas y croire, mais Zack me lâche pour discuter de foot avec Tommy, Sid et Carl. Soulagée, je vais m'asseoir sur les marches de la falaise, les bras autour des genoux, en essayant d'oublier les haut-le-cœur provoqués par le contact de mon petit copain. Ce n'est pas la faute de Zack. En réalité, il a toujours été le même. Il est toujours aussi sûr de lui, beau et passionné de foot, tout comme je suis passionnée de danse. Pourtant, même si les autres trouvent qu'on va bien ensemble, il manque une petite étincelle entre nous.

Je finis par me demander si j'ai eu des sentiments pour lui un jour.

Tommy abandonne bientôt Zack, Carl et Sid pour me rejoindre.

— Ça va ? me demande-t-il en s'asseyant à côté de moi. Tu as l'air énervée.

— Ça va, merci, je réponds sèchement. Je suis juste… fatiguée. J'ai beaucoup répété, ces derniers temps.

— Ah oui, pour ton audition. C'est le troisième samedi d'août, c'est ça ?

Je le regarde, surprise.

— Comment tu le sais ?

Tommy prend un air coupable.

— Euh… ça doit être Skye qui me l'a dit. Ou alors ta mère en a parlé à la mienne, je ne sais plus. On est tous derrière toi, tu sais. Tu vas tout déchirer !

— Ce n'est pas si facile, je soupire.

— Je sais. Les choses importantes ne sont jamais faciles. Mais tu es douée, Summer, et très motivée. Tu vas y arriver. Tout le monde en est persuadé. Enfin, presque tout le monde…

Je fronce les sourcils.

— Pourquoi, quelqu'un pense le contraire ?

Tommy paraît embêté.

— Non, non, personne. On est tous du même avis, c'est juste que lui, il n'a pas envie de te perdre. C'est pour ça qu'il a parié que tu ne serais pas prise. Moi je suis sûr que si. Du coup, on a misé dix livres chacun. Je sens que je vais gagner.

— Quoi ! Vous avez parié sur mon entrée à la Rochelle Academy ? je demande, horrifiée.

— C'était juste pour rire. Je disais que tu allais réussir haut la main, et du coup, pour la forme, il a répondu que peut-être pas. Mais ce n'était pas méchant, Summer. Il a simplement du mal à accepter que tu t'en ailles…

J'avale ma salive.

— Attends, que je comprenne bien. Toi tu as parié que je serais prise à l'école de danse, et quelqu'un d'autre a parié que non ?

— Oui, c'est ça.

— Laisse-moi deviner... l'autre, c'était Zack, pas vrai ?

Tommy a l'air tout triste.

— Ça n'est pas parce qu'il ne croit pas en toi. Il disait ça comme ça, pour se rendre intéressant. Tu le connais...

Je regarde vers le feu de camp. Zack est en train de raconter à Carl et Sid comment il a marqué son troisième but et sauvé l'équipe. Le Zack que je vois là est un type égoïste, cruel. Un type qui ne me plaît pas du tout.

— J'y crois pas...

— J'aurais mieux fait de la fermer, marmonne Tommy. J'ai encore mis les pieds dans le plat, et en beauté... Je parie que tu me détestes, maintenant.

— Pas plus que d'habitude. Tu sais, Tommy, ce n'est pas ta faute si mon petit copain est un abruti.

— Il va me tuer, gémit-il. Je suis mort.

— Je ne lui dirai pas. Oublie ça. De toute façon, tu ne m'as pas appris grand-chose. Ça ne pouvait pas durer entre nous.

Tommy relève le nez et ouvre de grands yeux.

— Tu vas le plaquer ?

— Je n'en sais rien. Oui, sans doute… ça ne colle pas vraiment. Il n'y a pas d'étincelle.

— C'est vrai ? demande-t-il, un petit sourire aux lèvres. Pas d'étincelle ? Alors ce n'est pas complètement ma faute ? Cool. En tout cas, si tu as besoin de parler… de ça ou d'autre chose… quand tu veux… je suis là. Sérieusement.

— Non, merci.

— OK, pas de problème. C'est toi qui vois.

— J'aimerais bien que tu me laisses, maintenant.

Il se lève et s'en va, tout penaud.

Plus tard, quand les étoiles se sont allumées dans le ciel bleu foncé et que le feu de camp n'est plus qu'un tas de braises rougeoyantes, Zack m'attrape par la main alors que je suis en train de danser avec Tina, Millie et Cherry au son de la guitare de Shay.

— Hé ! lance-t-il. Comment va ma superbe copine ?

Il m'attire contre lui et je sens son haleine de Coca et de hamburger, sucrée et grasse à la fois. Je détourne le visage pour regarder les étoiles.

— Tu m'as manqué, souffle-t-il dans mes cheveux en m'entraînant loin du feu et de la musique. Tu aurais dû venir à mon match de foot pour m'encourager. Et à la fête cet après-midi. Tu travailles trop dur pour cette audition idiote. J'ai essayé de t'appeler, mais tu n'as pas répondu…

— Je suis là, maintenant, je murmure à contrecœur.

— Oui. Tu es là…

Zack frotte sa bouche contre ma joue. Je sens sa main descendre dans mon dos. J'aimerais me retrouver à des millions de kilomètres de cette plage et de ce garçon égoïste qui me tripote comme un morceau de viande, après avoir parié que le rêve de ma vie ne s'accomplirait jamais.

Pas d'étincelle. Est-ce que c'est une raison suffisante pour rompre avec quelqu'un ? Tina et Millie ne seraient sans doute pas d'accord.

La main de Zack frôle mes hanches.

— La vache, Summer ! me dit-il à l'oreille. Ne maigris pas plus que ça, d'accord ? Tu n'as plus que la peau sur les os. J'ai l'impression d'embrasser une petite fille !

J'attrape ses poignets et le repousse violemment, comme je mourais d'envie de le faire depuis longtemps.

— Alors arrête, je lance. Laisse tomber.

Je lui tourne le dos et pars en courant. Je dépasse le feu de camp, grimpe l'escalier de la falaise et disparais dans l'obscurité du jardin. Les autres m'appellent. Je ne les écoute pas. Je continue à courir jusqu'à ma chambre, et là, je me jette sur la couverture en patchwork que maman a cousue quand j'étais toute petite, et je pleure toutes les larmes de mon corps.

15

Je m'entraîne dans le studio depuis des heures. Mes mouvements sont de plus en plus lourds et maladroits. J'ai l'esprit embrumé par le manque de sommeil ; j'ai pleuré toute la nuit sans savoir pourquoi. J'aimerais tant que maman soit là. Elle m'a envoyé un texto tout à l'heure en disant qu'elle pensait à moi. J'ai commencé à taper une réponse à propos de Zack, puis j'ai tout effacé. Je ne vais quand même pas envoyer un message larmoyant à ma mère alors qu'elle est censée profiter de sa lune de miel.

Alors je ravale ma tristesse et me concentre sur le travail, bien qu'aujourd'hui je sois incapable de m'évader dans la danse. Je rate même les pas les plus simples, et Miss Élise s'en rend compte pendant le cours.

— As-tu assez dormi, Summer ? me demande-t-elle devant tout le monde. Il faut te coucher plus tôt. Tu danses moins bien que d'habitude, et tu as mauvaise mine. Avec l'audition qui approche, ce n'est pas le moment de faire la fête ! Pense à ce qui est en jeu !

— Oui, mademoiselle.

Sa critique m'a fait l'effet d'un coup de poignard. Si elle savait… je ne pense qu'à cet enjeu, justement. Et plus je fais d'efforts, plus j'ai l'impression que mon rêve m'échappe.

Lorsque je descends du bus à Kitnor en fin d'après-midi, je tombe dans une embuscade. Tina et Millie me prennent chacune par un bras, tandis que Skye et Cherry me poussent jusqu'au Chapelier fou, où elles commandent deux coupes de glace à partager. Évidemment, elles veulent savoir ce qui s'est passé hier soir. Moi aussi, j'aimerais bien comprendre…

— C'est vraiment terminé entre toi et Zack ? insiste Millie. Pour de bon ? Vous formiez un super couple, c'est trop dommage !

— On n'avait aucun point commun, je soupire.

— Tu rigoles, vous en aviez plein ! me corrige Tina. Vous êtes tous les deux beaux et populaires, et vous avez un talent incroyable. En théorie, vous êtes faits l'un pour l'autre !

— Mais pas en réalité.

— J'avoue qu'il parle un peu trop de foot, reconnaît Skye avec un sourire. Et j'ai toujours trouvé qu'il avait les yeux un peu trop rapprochés…

J'adore ma sœur.

— Il n'y avait pas d'étincelle entre nous, j'explique.

— Dans ce cas, c'est mort, confirme Skye. Il faut qu'il y en ait une, c'est indispensable.

Millie s'étrangle avec son jus de fruit.

— Une étincelle ? répète-t-elle. Ça c'est sûr, tu es bien placée pour en parler, Skye ! Hier soir, il y avait tellement d'étincelles entre Finn et toi que j'ai cru que vous alliez prendre feu !

Skye rougit et hausse les épaules.

— Je l'aime bien, admet-elle.

Alors ce serait aussi simple que ça ? On aime bien quelqu'un, ou pas ? Et en fin de compte je n'aimais pas Zack ?

— Tu l'as embrassé ? demande Tina à ma jumelle. Vous sortez ensemble ?

— Pas encore, répond Skye. Attends, je viens juste de le rencontrer ! De toute façon, on n'est pas là pour parler de Finn mais de Zack.

— Il avait l'air sympa, quand même, reprend Millie d'un ton nostalgique. Qu'est-ce que ça peut faire qu'il n'y ait pas d'étincelle ? Ou que ses yeux soient trop rapprochés ? En plus, je les ai toujours trouvés très beaux, moi…

— Il a parié dix livres avec Tommy que je ne réussirais pas mon audition, je révèle.

Les filles sont choquées. Même Millie jette sa paille sur la table d'un air dégoûté.

— Quel *loser*, commente Cherry.

— C'est un crétin, ajoute Skye. J'ai toujours détesté sa façon de te tripoter.

— Et moi, je n'aime pas sa façon de mater cette saleté de Marisa McKenna, lance Tina. Tu es beaucoup mieux sans lui.

— Finalement, peut-être qu'il faut vraiment une étincelle, conclut Millie.

La serveuse nous apporte nos coupes et quatre grandes cuillères. C'est de la glace à la mandarine, ma préférée. Mais j'ai si mal dansé aujourd'hui… Je ne la mérite pas. Je me débrouille pour n'en prendre qu'une seule cuillerée, sans que les autres le remarquent.

— Carl t'aime bien, tu sais, reprend Tina. Un de perdu, dix de retrouvés !

Je secoue la tête en buvant mon Coca Zéro. J'ai assez donné pour le moment.

Sur le chemin qui monte à Tanglewood, Skye et moi croisons Finn qui descend vers l'école primaire, un panneau de décor dans les bras. Aussitôt, ma sœur s'illumine et, toute gênée, elle essaie de cacher son visage sous son chapeau de paille.

— Salut, les filles ! s'écrie Finn. On est en train de transformer le champ à côté de l'école en terrain de foire. C'est génial, venez voir !

Avant que j'aie pu trouver une excuse, Skye m'attrape par le bras et me regarde avec des yeux suppliants, alors je finis par la suivre. Le champ a bien changé : des ouvriers y ont installé des balançoires en forme de bateaux, un toboggan géant et un carrousel de chevaux sculptés.

— La fête foraine va servir pour plusieurs scènes, nous explique Finn en déposant son panneau de bois près de l'entrée. Le film parle des Gitans qui travaillaient sur les foires au début du vingtième siècle. C'est ici qu'ils vont tourner avec les figurants ce week-end !

On nous laisse nous promener librement entre les stands de chamboule-tout, de tir à la carabine, de marionnettes et de bonne aventure. C'est sans doute grâce à Finn et Skye, qui font presque partie de l'équipe.

— Ça va être génial ! se réjouit ma jumelle. Millie et Tina seront figurantes, Honey, Cherry et Coco aussi. Tu devrais venir… ça t'aiderait à oublier Zack.

— Il est déjà oublié, je réponds. Mais non, merci – j'ai une répétition.

— Allez, supplie Skye. Tu peux te reposer un jour ou deux quand même, non ?

J'ai l'impression qu'elle vit sur une autre planète. Elle est vraiment si perturbée par Finn ? Deux jours de repos, et puis quoi encore…

— Je ne peux pas, je lui rappelle. Tu le sais bien. La danse passe avant tout.

— Tout le monde a besoin de faire une pause de temps en temps, Summer, proteste-t-elle. Je te trouverai une tenue sympa. Tu vas bien t'amuser !

Je me sens coupable. Si Skye insiste autant, c'est qu'elle doit vraiment s'inquiéter pour moi, mais elle ne devrait pas : un week-end sur le plateau de tournage est bien la dernière chose dont j'ai envie.

— Essaie, me conseille Finn. Ça sera un plus sur ton CV, ça montrera que tu es polyvalente. Et puis tu pourras en parler le jour de l'audition. La danse, le cinéma... tout ça, c'est lié, non ? C'est de l'art !

Il me regarde avec gentillesse. Je ne peux quand même pas le détester juste parce que ma sœur est en train de tomber amoureuse de lui. Il essaie de m'aider, et je dois avouer qu'il n'a pas tort.

— Je n'avais pas pensé à ça... je reconnais.

— S'il te plaît ! lance Skye. Pour moi !

— Bon... d'accord !

— Youpi !

Skye me prend les mains et me fait tourner encore et encore, jusqu'à ce que j'éclate de rire et me laisse aller pour la première fois depuis des semaines. C'est le mois d'août, le soleil brille, la télé tourne un film au village ; je serais folle de ne pas en profiter.

Finn attrape le chapeau de Skye et part en courant entre les baraques de la foire, ma sœur et moi sur les talons. On s'arrête entre le tir à la carabine et le labyrinthe de miroirs pour reprendre notre souffle.

— Ouah ! s'exclame Finn en se plantant devant les miroirs déformants. Regardez, c'est trop drôle !

Son reflet est immense, avec des jambes de girafe, un buste rétréci et une toute petite tête. Skye prend la pose devant une autre glace, qui lui fait une silhouette ondulée comme une vague.

— Excellent ! dit Finn. Je ressemble à un géant !

— Et moi, regarde, glousse Skye. Je suis un accordéon !

On rit si fort que les larmes coulent sur nos joues. Mais quand je m'avance à mon tour, mon rire s'étrangle dans ma gorge.

Je ne suis ni grande, ni toute fine, ni ondulée, ni tordue. Je n'ai ni jambes de girafe, ni petite tête, ni yeux de grenouille. Non ! Mon reflet s'étale sur la largeur du miroir, comme une grosse tache boursouflée. J'ai une face de lune, un ventre tout rond et des cuisses comme des troncs d'arbre. Même mes chevilles sont larges.

Je sais bien qu'il ne s'agit que d'un miroir déformant, qu'il ne montre pas la réalité. Pourtant, j'ai l'impression d'être révélée aux yeux de tous telle que je suis réellement : énorme et hideuse. Rien à voir avec la fille qui a le plus de chances de réussir. Je suis juste très douée pour créer l'illusion, prétendre que tout va bien, et m'accrocher de toutes mes forces à l'image que je me suis créée. Si mon vrai visage apparaissait, je serais totalement perdue. *Tu es nulle*, me rappelle la petite voix. *Tu es grosse, fainéante et bonne à rien.*

Pas étonnant que je ne puisse plus danser et que je me sente si mal.

C'est comme si le monde s'écroulait autour de moi.

16

Je ne me nourris plus que de feuilles de salade et de quartiers de pomme, mais ma sensation de faim a presque disparu. Je me sens plus légère et pleine d'énergie. Je passe mes journées à l'école de danse. Le travail finit toujours par payer. Il faut juste garder la foi.

Le soir, je regarde sur Internet des vidéos de Sylvie Rochelle interprétant le rôle de l'Oiseau de feu, dans l'espoir de trouver l'inspiration, pendant que mes sœurs et mes amies traînent sur la plage ou autour des roulottes avec Finn et les garçons de l'équipe de télé.

— Ralentis un peu la danse, me conseille Skye. Ça tourne à l'obsession, Summer, c'est malsain.

Mais comment ralentir, alors que je vais déjà perdre deux jours de répétition à cause du tournage ? La nuit, je pense sans cesse à mes chorégraphies et ça m'empêche de dormir. Parfois, je descends discrètement jusqu'à la cuisine faire des exercices de barre : pour être parfaite, il ne faut jamais lâcher, jamais s'arrêter.

Le dimanche matin, je me retrouve sous un des chapiteaux du tournage, vêtue d'une robe à volants en coton blanc, un chapeau de paille sur la tête et de vieilles bottines aux pieds. On m'a fait deux longues tresses et j'ai tellement de maquillage sur le visage qu'on croirait que je suis l'actrice principale.

Je regrette déjà d'avoir accepté de venir. J'ai passé la journée d'hier à ne rien faire, et je sens que ça va être pareil aujourd'hui. Skye, elle, n'arrête pas une seconde : elle prépare les tenues et aide les acteurs à s'habiller. Nous, on est obligées d'attendre pendant des heures qu'on nous appelle sur le plateau.

— Ça va te changer les idées, comme ça tu ne penseras plus à Zack, me souffle Millie, plantée devant le buffet, en remplissant une assiette en carton de pain, de beurre et de fromage. Ça t'évitera de déprimer.

— Je ne suis pas déprimée, Millie.

— Tu n'as rien perdu, intervient Tina. Oh, regarde, voilà Carl, Tommy et Finn !

Elle m'entraîne vers les trois garçons. Ils portent des chemises sans col, des gilets et des culottes en tweed qui leur arrivent aux genoux. Je dois reconnaître que même si j'avais déprimé à cause de Zack, ça m'aurait redonné le sourire.

Finn est plutôt pas mal ; on dirait presque un vrai Gitan. Carl a l'air de sortir d'une vieille photo en noir et blanc, mais ça va. Tommy, lui, est complètement ridicule. Ses bottines ne lui vont pas, son pantalon est trop grand et rapiécé et ses cheveux rebiquent dans tous les sens sous sa casquette gavroche marron. Et ce n'est pas tout.

— Tu as mis du mascara ! je m'exclame. Je rêve !

Tommy rougit, et je me rends compte qu'on lui a aussi tartiné une couche de fond de teint sur le visage, mis du rose à lèvres et un kilo de gel dans les cheveux.

— C'est pas ma faute, gémit-il en se cachant dans un coin. Finn nous a forcés à venir. Il a dit qu'ils avaient plein de filles, mais pas assez de garçons, et que ça serait marrant. Personne ne m'avait prévenu pour le maquillage !

— C'est moche, je commente. Enfin, pas toi, mais… tu vois ce que je veux dire.

— Je ne m'en remettrai jamais. Tout le monde va le voir, ce film. Et moi je serai là, avec mon mascara et mon rouge à lèvres, en HD dans le salon des gens. Ils vont bien rigoler, au lycée. Même pour cinquante livres, ça ne vaut pas le coup.

— Mais tu as de beaux yeux, dis donc, je remarque en essayant de ne pas rire. Tu devrais mettre un peu de fard à paupières pour faire ressortir la couleur marron-vert…

— C'est pas drôle, Summer. Tu t'en fiches, toi, tu aimes bien ça les trucs de théâtre. J'ai l'impression d'être un caniche nain bien toiletté, qu'on présente à un concours avec un nœud sur la tête.

— Je te rassure, tu ne ressembles pas à un caniche.

— Non, j'ai l'air d'un travesti de douze ans, grogne-t-il. Je ne peux pas y aller comme ça, Summer…

— Calme-toi. Tu as le trac, c'est tout. Dès que les caméras commenceront à filmer…

Soudain, Millie se plante devant moi, toute pâle, les yeux écarquillés.

— Ne regarde pas par là, siffle-t-elle. Ignore-le. Ne te laisse pas impressionner.

— Regarder où ? je demande. Ignorer qui ?

— De quoi tu parles, Millie ? veut savoir Tommy.

— De rien ! lance Millie en me faisant pivoter et en me poussant vers la sortie. Rien du tout !

En jetant un coup d'œil par-dessus mon épaule, j'aperçois Zack. C'est vraiment injuste : alors qu'on est tous déguisés en gamins, il a eu droit à un beau costume et à un canotier. Ça ne m'étonne pas de lui : il arrive toujours à se démarquer.

— Il n'était pas censé être là, s'étonne Tina qui nous a rejoints. Les garçons lui ont pourtant demandé de se tenir à l'écart.

Sauf que Zack ne fait jamais ce qu'on lui dit. Et il n'a pas pu s'empêcher de venir jouer les stars.

— Il est gonflé d'être venu ! s'offusque Millie. Avec elle, en plus !

Étonnée, je regarde à nouveau et je me demande comment j'ai pu rater la fille qui se tient à côté de Zack. On ne voit qu'elle ! C'est Marisa McKenna. Elle a une magnifique chevelure noire, longue et bouclée, de grands anneaux dorés aux oreilles et une longue jupe de Gitane qui lui descend jusqu'aux chevilles – ça change de ses minijupes. Elle porte aussi une blouse très décolletée, beaucoup plus que ça ne se faisait à l'époque du film. Zack a l'air fasciné.

Je ne lui en veux pas. Il vient d'échapper à une copine terne et rabat-joie. En tout cas, il n'a pas mis longtemps à me remplacer. Mais je me fiche complètement de Zack Jones, c'est vraiment fini entre nous. Je le laisse avec plaisir à Marisa McKenna. Tant mieux pour elle. J'espère juste qu'elle ne sera pas trop dégoûtée quand il lui fera son baiser d'escargot dans le cou.

Mais alors, comment expliquer le malaise qui m'envahit ? La panique me serre le ventre et les visages se brouillent devant mes yeux.

— Il faut que je sorte, je murmure.

— Summer, ça va ? s'inquiète Tina. Ne réagis pas, sinon il va croire qu'il a gagné.

— On ne peut pas partir, ajoute Millie. Il faut qu'on soit là quand ils nous appelleront, sinon on risque de rater notre tour… Ignore-le, d'accord ?

Non, pas d'accord, pas d'accord du tout.

— Elle a besoin de prendre l'air, déclare Tommy. Je m'en occupe.

Et le garçon ridicule avec sa casquette gavroche passe son bras autour de mes épaules et m'emmène loin du chapiteau, de l'autre côté du champ, jusque dans la forêt.

17

Nous nous asseyons au pied d'un arbre et quand j'appuie mon visage sur mes genoux, une grande tache humide se dessine sur ma robe.

— Ne pleure pas, me dit Tommy. Il n'en vaut pas la peine.

— Je sais, je chuchote.

Mais ce n'est pas à cause de Zack que je pleure ; c'est parce que tout est en train de changer et se dérobe devant moi… la vie bien organisée que j'imaginais, mes espoirs, mes rêves, ma confiance en moi. C'est comme un pull troué : on tire un peu sur un fil, et tout se détricote.

Il y a du mouvement autour du chapiteau. Les chefs d'équipe sont en train de conduire la foule de figurants vers le champ de foire. Cherry, Honey et leurs amis sont là, ainsi que Coco et Joyeux Noël, Carl, Finn et un tas de villageois de tous les âges. Ils ont l'air d'avoir remonté le temps. Ma jumelle les escorte, tirant sur des châles et ajustant des ourlets.

J'observe Zack qui traverse la pelouse en tenant Marisa par les épaules. Millie et Tina me cherchent.

Elles m'appellent plusieurs fois, mais je reste cachée sous les arbres.

— On a encore le temps, dit Tommy en me tendant un grand mouchoir blanc. Tu ne veux pas les rejoindre ?

Je m'essuie les yeux puis lui rends son mouchoir, taché de fond de teint et de mascara.

— Non, je soupire. Je ne suis pas franchement d'humeur pour la foire. Quelle tête j'ai ?

— Magnifique. Tu es presque aussi belle que moi.

J'éclate de rire pendant qu'il m'essuie la joue.

— De toute façon, je n'avais pas envie d'y aller, ajoute-t-il en haussant les épaules. La célébrité, non merci. L'autre jour, je suis tombé sur l'acteur de la série, là, qui achetait du jambon à l'épicerie. Ça lui a pris vingt minutes, parce qu'il a dû signer des autographes à une bande de gamins et à toutes les caissières. Ça ne doit pas être facile tous les jours d'être une star.

— Je ne risque pas de le savoir.

— Mais si, tu verras ! Je te rappelle que tu es la fille qui a le plus de chances de réussir !

Celle qui a le plus de chances de se ramasser, oui, corrige la méchante petite voix. *Tu es nulle.* Je secoue la tête pour chasser ces paroles, mais elles sont gravées dans mon esprit.

Je ne comprends pas ce qui m'arrive. Je n'ai jamais travaillé aussi dur que pour cette audition. Pourtant je me réveille toutes les nuits, envahie par la peur et les doutes. J'ai supprimé la nourriture grasse et sucrée pour me débarrasser de mes derniers bourrelets, mais quand je me regarde dans le miroir, je ne constate aucune différence. J'ai plaqué mon copain, mais j'ai fondu en larmes en le voyant avec une autre.

La petite voix a raison. Je suis nulle. Je frissonne, comme si soudain un nuage avait caché le soleil.

— Summer, ça va ? me demande gentiment Tommy.

— Je ne sais pas. Je ne sais plus.

Il ne me pose pas de questions idiotes, et heureusement, parce que je n'ai aucune réponse. Il se contente de passer son bras autour de mes épaules. Quand Zack le faisait, j'étais oppressée et mal à l'aise. Là, c'est un geste doux et rassurant. Je ferme les yeux pour retenir mes larmes et mon esprit s'apaise enfin. Au bout d'un moment, je me sens mieux, plus calme, plus forte. La petite voix s'est tue. Et je n'ai plus mal au ventre.

J'ouvre les yeux. Tommy me tient toujours par les épaules, tranquillement, comme si c'était naturel. Il ne se moque pas de moi, n'essaie pas de me faire tourner en bourrique ; il se contente de regarder au loin, les sourcils un peu froncés. C'est bizarre.

— Tu penses encore à lui, pas vrai ? dit-il enfin.

— À Zack ? Crois-moi, je l'ai complètement oublié. C'est moi qui ai rompu, rappelle-toi. Parce que ça ne marchait pas entre nous.

— Ah oui, c'est vrai. L'étincelle.

Il sourit et de petites taches roses apparaissent sur ses joues… à moins que ce soit le maquillage.

— Je ne suis pas triste à cause de Zack, je t'assure. C'est juste que j'ai été surprise. Je ne m'attendais pas à le voir ici, surtout pas avec Marisa.

— Il doit être fou, déclare Tommy. Tu es un million de fois plus intéressante que cette fille. Et beaucoup plus intelligente, plus douée et plus jolie… tu es incroyable, Summer Tanberry, j'espère que tu le sais ?

Il y a un silence, un très long silence. Je crois que Tommy vient de me faire un sacré beau compliment, même si c'est simplement pour me consoler. Il n'est pourtant pas du genre romantique.

Je lui donne un petit coup de coude avant de me lever et de frotter ma robe couverte de brindilles.

— Je me disais bien que tu ne m'avais pas charriée depuis un moment. Mais tu es drôlement doué. J'ai failli te croire !

— Bah, tu me connais, répond-il d'un ton un peu triste.

— À partir de maintenant, j'arrête de me rendre malade à cause des garçons, je déclare en retournant vers le champ. Je dois me concentrer sur la danse. Je n'aurais pas dû me laisser entraîner par les autres. J'ai raté le cours d'hier, et je vais devoir travailler tout l'après-midi pour compenser. Je dois être parfaite pour cette audition…

J'escalade la barrière qui entoure le champ, mais lorsque je saute de l'autre côté, ma tête se met à tourner et je vois des étoiles.

— Hé ! s'écrie Tommy. Houlà, Summer, qu'est-ce qui se passe ?

Il m'attrape la main, me soutient, et je reprends mon équilibre. Après une grande inspiration, les étoiles disparaissent.

— Juste un petit vertige, je chuchote.

— Quand est-ce que tu as mangé pour la dernière fois ? Un vrai repas, je veux dire ?

— J'ai pris une pomme au petit déjeuner. Les fruits, c'est bon pour la santé.

— Sauf que ça remonte à des heures ! Et les fruits, c'est super, mais tu ne peux pas tenir toute la journée avec une malheureuse pomme dans le ventre. Tu vas te rendre malade.

Je sens monter une vague de colère, mais je parviens à me contrôler.

— Je n'ai pas envie d'en parler, je réponds. Tu ne peux pas comprendre, Tommy. Être danseuse, c'est dur. Très dur. Ce n'est pas qu'une question de talent, il faut aussi avoir le bon physique.

— Juste avant les vacances, tu avais déjà commencé à te priver.

— Fiche-moi la paix. Je mange assez… j'ai juste sauté le déjeuner à cause de cette histoire de figuration.

Sur leur buffet, il n'y avait que de la salade de pommes de terre, du pain et du fromage super gras…

— Le pain, le fromage et les pommes de terre, c'est très bien.

— Je sais, mais… écoute, c'est temporaire…

— Tu en es sûre ?

Il essaie de croiser mon regard, mais je détourne les yeux.

Nous retournons vers le chapiteau. Tommy me tient toujours par la main. Et je suis contente que mes sœurs et mes amies ne soient pas là, parce que sinon, je n'aurais pas fini d'en entendre parler. D'ailleurs, j'espère que Tommy ne se fait pas d'illusions lui non plus.

18

Je me dirige vers l'école de danse en espérant que là-bas, je redeviendrai moi-même. Car après avoir craqué devant Zack, puis m'être comportée comme une idiote avec Tommy, je ne me reconnais plus. Je ne suis pourtant pas le genre de fille qui perd ses moyens en public, s'enfuit en courant quand elle croise son ex ou confie ses peurs secrètes au garçon le plus insupportable du collège… sauf que c'est ce que je viens de faire.

Même si je n'arrive pas à danser aussi bien que je le voudrais, ça m'aide un peu. À force d'enchaîner les étirements et les exercices, je me sens moins coupable d'avoir raté le cours d'hier et moins gênée de mon comportement de cet après-midi. Mais je n'ai pas avancé sur ma chorégraphie. Il ne reste que deux semaines pour mettre au point quelque chose de fort et d'original qui impressionnera Sylvie Rochelle et je ne trouve toujours pas la moindre étincelle de créativité.

Soudain, à la fin d'une pirouette, la pièce se met à tourner autour de moi et je perds l'équilibre. Je reste par terre pendant quelques secondes, prise de vertige, tandis que la musique continue. Enfin, le brouillard se dissipe et je parviens à m'asseoir en tremblant.

J'arrête le CD et me dirige doucement vers le vestiaire. Ma hanche gauche me fait mal, mais c'est surtout ma fierté qui vient de prendre un coup. Heureusement, personne ne m'a vue tomber… deux fois dans la même journée, ça fait beaucoup. Ça ne peut pas être une coïncidence. Tommy a peut-être raison avec ses histoires de repas réguliers. Et si je m'évanouissais pendant un cours ? Ou pire, le jour de l'audition ? Je ne peux pas prendre ce risque.

Je me dépêche de me changer. J'ai hâte de sortir, de me retrouver loin de l'école et du studio, mais je ne suis pas encore prête à rentrer chez moi. Je n'ai pas le courage de croiser mes sœurs et de supporter leurs questions. Alors je vais à la bibliothèque. Je passe un moment sur Internet à chercher des conseils pour réussir une audition de danse. Réponse : se préparer. Travailler dur. Évidemment, aucun site n'indique comment créer une chorégraphie à partir de rien… il ne faut pas rêver. Je tape « L'Oiseau de feu » et je regarde des vidéos en ligne de superbes ballerines minces qui repoussent leurs limites. Si elles y arrivent, pourquoi pas moi ?

Parce que tu es faible, souffle la voix dans ma tête. *Faible, fainéante et gourmande.*

Je frissonne. Évidemment, ce n'est pas ce que je veux être, mais je n'ai pas non plus envie de m'évanouir en cours… il y a sûrement une façon plus intelligente de réduire les calories. Je consulte quelques livres qui expliquent comment faire un régime équilibré, tout en me promettant de me renseigner davantage sur la nutrition, puis je prends le bus pour rentrer.

En chemin, je consulte mon portable, m'attendant à trouver plusieurs messages de Skye, Tina et Millie. Rien. Je ne leur ai donc pas manqué ? Elles sont peut-être encore en train de tourner… J'essaie de ne pas être déçue.

Il y a quand même un SMS de maman. Elle m'annonce que Paddy et elle sont à Cuzco, où ils s'habituent à l'altitude avant de partir en randonnée vers le Machu Picchu. Je voudrais tellement l'appeler, lui demander de sauter dans un avion, lui dire que j'ai besoin d'elle, de lui parler, d'être câlinée. Mais je me contente d'un texto joyeux prétendant que tout va bien et que l'entraînement avance. Pas question de l'inquiéter.

Quand j'arrive à la maison, je trouve mes sœurs et Finn affalés sur les gros canapés bleus, mangeant des pizzas et se racontant leur journée. Ils n'arrêtent pas de parler du film, des costumes et de tout un tas de choses excitantes.

— Tu es rentrée ! s'exclame Skye en me voyant.

Franchement, tu aurais dû rester. Tu as raté une journée incroyable !

— Tina et Millie nous ont dit que tu avais changé d'avis, ajoute Finn. Que tu en avais eu marre d'attendre et que tu avais préféré aller répéter.

Voilà pourquoi Skye ne s'est pas inquiétée. Je pourrai remercier mes amies d'avoir inventé une explication à mon départ et de ne pas avoir parlé de Zack.

— C'est très important, cette audition… j'explique en me faisant une petite place au bout d'un canapé.

Honey lève les yeux au ciel et Coco me lance un coussin en me reprochant de leur casser les oreilles avec cette histoire.

J'ai l'impression d'avoir reçu une gifle, même si je sais bien que Coco ne voulait pas me blesser. Est-ce vraiment ce que pensent mes sœurs ? Que je leur casse les oreilles ? Que mon rêve est ridicule ? Mes joues me brûlent. Je me sens très loin d'elles en cet instant, comme si j'étais une extraterrestre.

Elles ne remarquent même pas que je suis troublée. À les entendre, on croirait qu'elles sont toutes en route pour Hollywood. Skye veut devenir costumière, Cherry scénariste, Honey actrice et Coco dresseuse d'animaux pour le cinéma, car elle a rencontré une femme dont c'était le métier. On a proposé à Finn un rôle de Gitan dans le film. Même s'il n'aura pas de texte à dire, il s'imagine déjà riche et célèbre.

— Il paraît que j'ai un petit quelque chose, déclare-t-il. Une espèce d'étincelle !

— C'est clair ! confirme Skye, les yeux brillants. Tu as été génial. Moi, je n'avais jamais travaillé aussi dur, et pourtant je n'ai même pas eu l'impression que c'était du travail ! C'est le plus beau jour de ma vie, je vous jure !

Elle sort le DVD de *Diamants sur canapé*, le film préféré de Mamie Kate. Je l'aime beaucoup moi aussi, surtout à cause de l'actrice principale, Audrey Hepburn, qui était très belle, très mince et avait une formation de danseuse.

Finn se penche pour lire la pochette. Il est tellement collé à Skye qu'ils ont l'air d'être attachés par la hanche. Ça me fait bizarre de voir ma jumelle avec un garçon. Il y a encore quelques semaines, c'est moi qui avais un copain ; et maintenant que la situation s'est inversée, ça ne me plaît pas franchement. Finn a beau être adorable, Skye ne pense plus qu'à lui ces derniers temps.

Mamie Kate nous rejoint et tout le monde s'installe pour regarder le DVD. Audrey Hepburn, assise sur le rebord d'une fenêtre, chante « Moon River », la chanson la plus belle et la plus triste que je connaisse. Quand les autres font passer les dernières parts de pizza, je m'arrange pour ne pas en prendre.

Skye lève les yeux vers moi, l'air soucieuse.

— Tu n'as pas faim ? demande-t-elle. Tu adores ça, d'habitude !

— J'ai déjà mangé à l'école de danse, je mens. Tu me connais, je suis toujours affamée après les entraînements...

Elle me dévisage un moment, perplexe, et puis Finn lui donne un petit coup de coude et elle m'oublie. Mon cœur bat un peu plus fort. Je ne sais pas si je suis soulagée ou déçue de la réaction de Skye. Peut-être que je pourrais parler de mes problèmes avec elle, puisque maman n'est pas là ?

Ou pas. Ma jumelle, la personne qui me connaît le mieux au monde, ne se rend même pas compte que je vais mal. J'ai beau être entourée de ma famille, je ne me suis jamais sentie aussi seule. Qu'est-ce qu'il m'arrive ? Pourquoi personne ne voit rien ? Skye est à des kilomètres de moi, perdue dans sa bulle avec Finn qui lui tient la main. Je me tourne vers Mamie Kate. J'aimerais bien qu'elle ne soit pas aussi facile à tromper, et que maman revienne.

19

Le jeudi, quand Miss Élise nous demande de lui montrer nos chorégraphies, je panique. On dirait que je ne suis plus capable d'interpréter la musique. Mes enchaînements sont maladroits et forcés, sans lien les uns avec les autres. J'ai l'impression de porter de grosses bottes à la place des pointes.

Miss Élise secoue la tête.

— Summer, ça ne suffit pas, commente-t-elle. Qu'est-ce qui se passe ? Tu as choisi un superbe morceau, mais la chorégraphie n'est pas à la hauteur. C'est brouillon, mal structuré et très amateur. Tu n'as pas travaillé ?

Je deviens toute rouge.

— Si, bien sûr, je murmure.

— Alors travaille davantage ! Je ne peux pas t'aider, il faut que tu exprimes ta propre créativité. Cet air parle de passion, de feu… et je ne retrouve rien de tout ça dans ce que tu proposes. Je ne devrais pas avoir à te rappeler que tout doit être parfait pour l'audition !

En effet, elle n'en a pas besoin : je me répète la même chose toutes les deux minutes. Je ravale mes larmes.

— Désolée, Miss Élise.

Elle frappe dans ses mains pour indiquer à Jodie et Sushila qu'elles peuvent sortir, et mes amies me lancent un regard compatissant avant d'aller se changer.

Mon professeur soupire.

— Tu es l'une des meilleures élèves que j'aie eue depuis longtemps, reprend-elle vivement. Tu as du potentiel, une technique solide et un style expressif qui te distingue des autres. C'est pour ces qualités que Sylvie Rochelle t'a sélectionnée… alors où sont-elles passées ? Depuis deux semaines, je te trouve fatiguée, lente et terne. Toi qui as toujours été la plus motivée de toutes, on dirait que tu n'as plus envie d'essayer !

— Non ! je proteste. C'est faux !

— Mesures-tu à quel point la chance qu'on t'offre est incroyable ? (J'acquiesce sans un mot.) Alors montre-le, Summer, conclut-elle, exaspérée. L'audition est dans deux semaines. Sois prête. Ne me déçois pas. Ça ne va pas se faire tout seul. Tu vas devoir travailler et prendre ça très au sérieux.

— C'est le cas !

— Alors force-toi. Retrouve l'étincelle, la passion qui t'habitaient. Je sais que tu peux y arriver.

Encore cette fichue étincelle que je n'ai pas – ni avec les garçons, ni en danse, ni en rien. Même si les mots de Miss Élise me font très mal, je souris et me retiens de pleurer.

Plus tard, Jodie et moi nous installons dans le café face à la mer. Je commande un verre de lait écrémé.

— Miss Élise a été super dure avec toi, aujourd'hui, me console Jodie. Parfois, elle nous traite vraiment comme des esclaves. Tu as bien dansé. Peut-être pas aussi bien que tu en es capable, mais ça arrive à tout le monde d'avoir un jour sans. Tu aurais dû lui en parler.

— Lui parler de quoi ?

— De ta rupture avec Zack. Dans le vestiaire, tu nous as dit que tu t'en fichais, mais ça a dû te faire un coup, de le voir se pavaner avec cette fille horrible.

— Ça n'a rien à voir avec Zack.

— Ta mère et ton beau-père sont partis, continue Jodie, et tu as toute l'équipe du film qui loge chez toi. Ça doit être stressant, ça aussi. Tu aurais dû lui expliquer !

— Je vais bien, je lui assure en remuant le lait dans mon verre. Ça n'a rien à voir avec tout ça. Je ne comprends pas, Jodie : Miss Élise croit que je ne suis pas assez sérieuse, que je ne fais pas d'efforts. Comment c'est possible ? Je m'entraîne tous les jours pendant des heures ! Je ne pense plus qu'à ça, en ce moment !

Jodie mord dans une brioche à la confiture, l'air pensive.

— Peut-être que tu travailles trop. Moi aussi je répète tous les jours, mais pas aussi longtemps que toi. Ça me rendrait folle. Peut-être que tu t'épuises ? Que tu n'as plus d'énergie ? Tu as l'air fatiguée, tu sais.

Je soupire.

— Miss Élise trouve que je n'en fais pas assez. Et toi, que j'en fais trop. Si je comprends bien, j'ai toujours tort, c'est ça ?

Jodie hausse les épaules en prenant une cuillerée de crème.

— Tu me parais juste un peu stressée, c'est tout. C'est tellement énorme, tout ça. Mais comme je te l'ai déjà dit, c'est le destin qui décide. Si ça doit arriver, ça arrivera. Sinon… il faudra bien l'accepter.

Ce n'est pas ce que j'ai besoin d'entendre. Je ne vais pas rester là à attendre que le destin dirige ma vie. C'est à moi de prendre les choses en main.

— Fais de ton mieux, évidemment, conclut Jodie. Mais il ne faut pas non plus que ça t'obsède.

Sauf que c'est un peu tard. Je n'ai jamais été aussi près d'accomplir mon rêve de petite fille. Ce n'est pas le moment de relâcher la pression. Dans quinze jours, cette audition sera du passé, alors en attendant, je n'ai pas le choix : je dois mettre toutes les chances de mon côté.

— Tout ce que je veux, c'est entrer dans cette école, je déclare. Je dois leur prouver que je mérite une place. Alors je ferai tout pour y arriver !

— Moi aussi, répond Jodie en entamant une autre brioche. Je suis prête à tout.

À tout sauf à limiter les calories, visiblement.

J'ai dû la regarder avec un peu trop d'insistance, car elle hausse un sourcil.

— Tu en veux ? me propose-t-elle en me tendant la moitié de sa brioche. C'est délicieux ! Je crois que c'est fait maison. Tu me fais un peu pitié, avec ton verre de lait.

— Tu… tu ne t'inquiètes jamais à propos de ton poids ? je demande, gênée.

En voyant les joues de Jodie rosir peu à peu, je regrette mes paroles. Bien sûr qu'elle s'inquiète, comme tout le monde. Mais ça ne l'empêche pas de se sentir bien dans sa peau. J'aimerais pouvoir en dire autant.

— Je me trouve bien comme je suis, répond-elle, un peu sèchement. La danse me permet de rester mince, et ça me plaît d'avoir des formes. Qu'est-ce que tu essaies de me dire ?

— Rien ! Je te trouve parfaite, Jodie. C'est plutôt moi le problème. Je crois que si j'étais plus fine, plus légère, j'aurais peut-être plus de chances pour l'audition. Alors je fais attention à ce que je mange. Plus de gâteaux, plus de choses grasses… mais c'est dur !

Jodie ouvre de grands yeux.

— Toi, tu fais attention ? Tu es au régime ? Mais tu es toute mince !

— C'est pas vrai ! Avant oui, mais en ce moment, je suis énorme. Franchement, j'ai l'air d'un hippopotame en justaucorps. C'est immonde.

Jodie a l'air horrifiée.

— Euh, tu te trompes, Summer ! Tu es tout sauf grosse, crois-moi. Tu n'es pas taillée comme ça. Et question rondeurs, on dirait plutôt une crevette qu'un hippopotame. Tu as même perdu du poids dernièrement. Je croyais que c'était parce que tu travaillais trop, mais il faut que tu manges. S'il te plaît, arrête de maigrir !

Je regarde Jodie. Et si elle me poussait à manger pour ne pas paraître trop grosse à côté de moi ? Cette idée me rend malade, mais je ne vois pas d'autre explication à son insistance. Est-ce qu'elle est jalouse de moi ?

— On prend toutes des formes en grandissant, ajoute-t-elle. C'est normal. Et aucun régime n'y changera rien !

Si, moi, j'y arriverai.

— De quoi d'autre est-ce que tu te prives ? me demande-t-elle. Pas que de gâteaux, hein ? Tu t'es mise à la diète, je le vois bien, et c'est une très, très mauvaise idée. On a treize ans, Summer : c'est beaucoup trop

jeune pour les régimes express. En plus, tu as justement besoin de forces en ce moment ! Tu as besoin
de vitamines, de minéraux et de protéines, sinon, tu
ne pourras pas danser correctement !

— Je ne suis pas stupide, merci ! j'aboie. Tu crois
que je prendrais des risques avec quelque chose d'aussi
important ? Je te jure que je ne suis pas au régime. J'ai
juste arrêté les trucs trop gras…

Je fronce les sourcils. C'était peut-être vrai il y a
deux semaines, mais plus maintenant. Je saute des
repas, je m'invente de fausses excuses, je donne mon
assiette au chien quand personne ne me regarde, et je
m'évanouis. Au fond de moi, je sais que ce n'est pas
normal.

Et Jodie n'est pas dupe, elle non plus. Mes yeux se
brouillent de larmes. Elle vient se glisser sur le siège à
côté de moi pour me prendre dans ses bras. Les mots
sortent tout seuls de ma bouche.

— Je ne peux pas m'en empêcher, je souffle. Il faut
que je réussisse cette audition, il le faut !

— Mais tu ne manges pas assez. C'est pour ça que
tu ne danses pas aussi bien que d'habitude, que tu es
fatiguée et plus lente. La faim t'affaiblit.

Je me passe la main sur les yeux et ravale mes
larmes, furieuse.

— Je vais bien ! je proteste. J'aurais mieux fait de
me taire. Je pensais que tu me comprendrais !

— Je te comprends. Tu es stressée par l'audition. Je sais à quel point ça compte pour toi, je ressens exactement la même chose. Mais il y a des limites à ne pas dépasser.

— C'est juste pour quelques semaines. N'en parle à personne, Jodie, s'il te plaît !

— Promis. Mais… tu sais, la nourriture n'est pas ton ennemie. Elle te donne de l'énergie. Si tu t'affames, tu vas tomber malade et tu ne pourras plus danser du tout !

Je contemple le dessus de la table. Je ne dois pas être belle à voir, toute rouge et les joues couvertes de larmes, en train de me donner en spectacle. Moi qui suis habituellement toujours calme, et réservée… c'est la deuxième fois en une semaine que je perds mes moyens. Qu'est-ce qu'il m'arrive ?

— Écoute-moi, Summer, reprend Jodie. Ça va aller. Tu as simplement besoin de manger un peu. Je vais te commander quelque chose, et après, ça ira mieux, d'accord ?

Comme si c'était aussi simple.

— D'accord, je réponds. Je vais essayer.

Jodie se dirige vers le comptoir. Je sais qu'elle s'efforce juste de m'aider… enfin, je crois. Et s'il n'y avait qu'une seule place à la Rochelle Academy ? Et si Jodie me considérait comme une menace et voulait saboter mes chances ?

J'ai mal à la tête à force de réfléchir. Jodie n'est pas comme ça. Elle n'est ni méchante, ni envieuse, ni prête à tout pour gagner. Elle s'inquiète seulement pour moi, et elle a peut-être raison ; après tout, je n'ai pas bien dansé aujourd'hui et je me sens vraiment fatiguée. Et puis Jodie revient avec un plateau, le sourire aux lèvres, et tout s'éclaire.

N'y pense même pas, me prévient la petite voix.

Elle m'apporte un grand verre de milk-shake à la fraise, surmonté de fruits frais et d'une boule de glace, ainsi qu'une énorme part de gâteau au chocolat dégoulinant de confiture à la mandarine, sous une épaisse couche de glaçage… rien que de le regarder, j'ai l'impression de prendre du poids.

Elle se fiche de moi, ou quoi ? En la voyant là avec son sourire idiot, je me demande comment nous avons pu être amies. J'attrape mon sac de danse et je sors du café en claquant la porte, sans me retourner.

20

La trahison de Jodie est comme un coup de couteau en plein cœur. Elle ne veut pas que je sois mince ; elle est jalouse parce que j'ai assez de volonté pour dire non aux gâteaux et aux pizzas. Tommy aussi a remarqué que j'étais au régime, et lui non plus ne comprend pas. Combien de temps me reste-t-il avant que Miss Élise s'en rende compte, ou que Mamie Kate et mes sœurs commencent à me poser des questions ?

S'ils s'en aperçoivent, ils voudront me convaincre d'arrêter. C'est hors de question.

Comme on est samedi, j'aide Skye à faire les chambres – Cherry est sortie avec Shay et Coco aide Harry à la chocolaterie. Honey est encore au lit – surprenant ! Elle a passé la soirée avec Junior et, à mon avis, elle est rentrée bien après le couvre-feu de onze heures. Contrairement à Mamie Kate, je ne suis pas dupe.

Je profite du ménage pour faire un peu d'exercice : j'aère les lits, je les recouvre de draps et de housses de couette propres, je passe le chiffon à poussière, l'aspirateur, je nettoie les salles de bains. Hier soir, alors que j'étais épuisée par ma répétition, je n'ai pas réussi à trouver le sommeil à cause de toutes les idées noires, des doutes et des craintes qui tournaient dans ma tête. Aujourd'hui, je me sens si lasse que je voudrais me rouler en boule sur un des lits et dormir.

— C'est bon ? me demande Skye depuis la porte. Tu as fini ?

— Presque.

L'espace d'un instant, j'ai envie de parler à ma sœur de l'angoisse qui me ronge depuis des semaines. Mais qu'est-ce que je pourrais lui dire ? Que je n'arrive pas à dormir, à manger ni à réfléchir ? Que je cours après un rêve en ayant peur de l'attraper ? Ça n'a pas de sens.

Skye ne se doute pas une seconde de ce que je ressens. Je m'étais promis de me rapprocher d'elle cet été, mais ce n'est pas gagné. Avant, elle savait toujours avant moi ce que je pensais, mais ces derniers temps, son radar est en panne. Elle est tellement obnubilée par son Finn que si je tombais raide morte devant elle, elle ne le remarquerait sans doute même pas.

— Je descends sur le plateau pour donner un coup de main à Jess, m'annonce-t-elle. Finn doit jouer dans plusieurs scènes importantes. C'est cool, hein ? Il est trop beau en costume ! À plus !

— À tout à l'heure, Skye.

Mamie Kate est partie faire des courses au village, alors je vais m'installer dans le hamac avec les livres sur la diététique que j'ai empruntés à la bibliothèque. Je dois trouver un moyen de continuer à manger tout en perdant du poids, pour que personne ne s'inquiète ni n'essaie d'intervenir. Quand on ne mange rien, les gens finissent par s'en apercevoir.

Les livres expliquent tout en détail... comment choisir des aliments pauvres en calories mais riches en protéines, pour maigrir en restant en bonne santé. Je prends des notes sur un papier. Thon, poulet froid, œufs durs, fromage frais, yaourts allégés, salade, tomates, maïs et céleri. Aujourd'hui, j'ai mangé un œuf dur et une pomme, ce qui est plutôt pas mal.

Bien sûr, les livres conseillent aussi de manger du pain, des pommes de terre, des pâtes et du riz, ainsi que du fromage, de l'agneau, du porc, des quiches... Ils disent qu'on peut même se permettre une part de pizza ou un plat chinois de temps en temps, voire un ou deux carrés de chocolat, un cookie ou un morceau de gâteau.

Mais ça ne s'applique pas dans mon cas. Ce genre de choses ne sont pas recommandées pour les danseuses.

En même temps, j'aime bien cuisiner. Si Mamie Kate me voit faire de la pâtisserie, elle ne remarquera peut-être pas que je n'en mange pas. Ça va me demander beaucoup de volonté, mais je n'en manque pas.

Depuis mon hamac, je vois Harry sortir de l'atelier dans son grand tablier taché de chocolat, pour

accueillir le facteur qui apporte une poignée de nouvelles commandes. Quand j'y pense, c'est un miracle
que toute la famille ne soit pas devenue obèse, à force
de goûter les friandises bourrées de sucre et de graisse
de Paddy.

Je fais la liste des plats que je pourrais préparer pour
mes sœurs : pizza, pâtes, nachos, quiche, tarte aux
pommes, génoise ou tiramisu. J'en ai l'eau à la bouche
rien que d'y penser. Ensuite, je prévois des moments
pour mes entraînements et mes cours, et d'autres pour
aller nager ou passer du temps avec mes sœurs et mes
amies. Je n'ai pas l'intention qu'on m'accuse d'être
ennuyeuse ou obsédée par la danse. Ni qu'on me dise
que je ne sais pas m'amuser. Je vais prouver à tout le
monde, moi la première, que je peux faire plusieurs
choses à la fois. Je vais m'endurcir, apprendre à me
contrôler – pas question que je me mette encore dans
tous mes états devant les autres.

« Tu es la plus raisonnable et la plus organisée
d'entre nous, m'a dit Tina un jour. Tu contrôles tout. »

Si seulement…

Le problème, c'est que lorsque vos amis et votre
famille ont l'habitude que vous réussissiez tout, ils ne
remarquent pas toujours vos premiers échecs. Ou
peut-être qu'ils préfèrent les ignorer. Tant pis. Même
si j'ai raté ma chance de jouer dans le film, je suis plutôt douée comme actrice dans la vraie vie. Je vais leur

montrer ce qu'ils ont envie de voir et dissimuler ce qui leur plairait moins. Ce n'est pas bien grave si j'ai eu des réactions bizarres ces derniers temps.

Il suffit que je fasse plus attention à l'avenir.

Je suis réveillée par les aboiements de Fred. Le soleil est haut dans le ciel, mes livres ont glissé sur l'herbe et Joyeux Noël est en train de se régaler dans le potager de maman.

Je m'étire, bâille et jette un coup d'œil par-dessus le bord du hamac. Tommy Anderson approche dans ma direction. Paniquée, je ramasse les livres et les fourre sous les coussins.

— Skye n'est pas là, je le préviens quand il arrive.

— Je sais. C'est toi que je suis venu voir.

Je me redresse un peu.

— Je vais bien, je lance. Merci de t'être occupé de moi l'autre jour… je crois que j'avais attrapé un genre de virus. C'est pour ça que je n'avais rien mangé et que j'avais des vertiges. C'était vraiment gentil de rester avec moi.

Tommy se laisse tomber dans l'herbe, l'air impénétrable. Je ne suis pas sûre qu'il ait gobé mon histoire.

— Ce n'était pas par gentillesse, précise-t-il enfin. J'étais content d'être avec toi. En tout cas, heureusement que tu vas mieux. Comment ça se passe, tes répétitions ?

— Super, je réponds avec un peu trop d'enthousiasme. Vraiment bien.

— Il reste combien de temps avant l'audition ?

— Douze jours, vingt et une heures et quinze minutes. Mais je ne compte pas, hein !

Tommy hoche la tête. Assis sous les arbres, dans la lumière tamisée, il paraît songeur. Il n'a plus de gel dans ses cheveux châtains et rien d'autre que ses taches de rousseur sur le visage. Je ne suis pas la seule à avoir changé : Tommy a abandonné le look négligé et un peu dingue que je lui ai toujours connu. Il est grand et assez stylé maintenant, avec ses tee-shirts de groupes de musique, ses jeans roulés sur les chevilles et son grand sourire spontané.

— Pas de mascara aujourd'hui ? je le taquine.

— Non, j'ai opté pour un look plus naturel.

Un moment se passe, peut-être une minute ou deux, tandis que je me balance dans mon hamac à côté de Tommy, étendu dans l'herbe. J'envisage de lui dire que je suis occupée, qu'il devrait y aller, que j'ai un cours de danse ou que j'ai promis de donner un coup de main à l'atelier, mais les mots ne sortent pas.

Je cueille une pâquerette, perce la tige avec mon ongle et en passe une autre par le trou. Quand j'étais petite, j'adorais faire des guirlandes de pâquerettes. Je fabriquais des bracelets, des colliers et des boucles d'oreilles... je n'en revenais pas de voir chaque jolie fleur devenir encore plus parfaite une fois liée aux autres. Comme les gens que j'aimais – maman, papa, Skye, Honey et Coco.

« Oh ! s'est exclamé papa un jour où je portais une couronne de pâquerettes dans les cheveux. Ma petite princesse ! »

Je me suis sentie comme une vraie princesse à cet instant-là. C'était avant qu'il parte, bien sûr. Le fait que je sois sa princesse ne l'a pas empêché de briser notre famille. Les guirlandes de fleurs sont fragiles, et les familles aussi. Parfois, les gens qu'on aime ne nous aiment pas en retour – en tout cas, pas assez.

— Je n'y arrive pas, déclare Tommy en me regardant tresser les tiges. Je suis trop maladroit. J'ai deux mains gauches.

J'accroche le cercle de fleurs sur son oreille.

— Ça rendrait mieux avec un peu d'eye-liner, je plaisante. Mais c'est pas mal.

Tommy éclate de rire.

— Il faut toujours que tu te moques de moi, pas vrai ? Mais si ça t'aide à ne plus penser à l'audition, tant mieux…

— Impossible.

— C'est ton rêve, hein, la danse ?

— Oui. Mon rêve de toujours…

— Moi, je n'ai pas vraiment de rêve. Quand j'étais gamin, je voulais être Superman. Après, j'ai pensé devenir acteur comique, avec mon propre show télévisé et tout. Mais je n'en suis plus très sûr. J'en ai marre de jouer les clowns.

— À force, on te colle une étiquette. Les gens s'habituent tellement à te voir d'une certaine façon qu'ils ne te regardent même plus. Et ils ne se rendent pas compte que tu as changé.

La preuve : j'ai toujours considéré Tommy comme un vrai casse-pieds, sans jamais prendre la peine de vérifier que c'était toujours le cas. Maintenant, ça ne me paraît plus si évident. Je me demande comment les gens me voient. Un jour, Tina m'a traitée de Mademoiselle Parfaite parce qu'on s'était disputées à cause d'un exposé. À l'époque, j'avais été partagée entre la tristesse et la fierté, car même si c'était une critique, j'étais flattée qu'elle me trouve « parfaite ».

— J'hésite entre plusieurs métiers, reprend Tommy. J'aurais bien aimé animer une émission de cuisine à la télé, mais vu ce qui s'est passé avec le maquillage, je ne suis pas certain d'être fait pour les caméras. Je pourrais peut-être monter un super restaurant bio ou un truc comme ça.

— Sérieux ?

Il hausse les épaules.

— Mais oui. D'ailleurs, je t'ai préparé un truc... une sucrerie...

Non, non, non ! rugit la voix dans ma tête.

— Tommy, je murmure, les dents serrées. Tu as été super l'autre jour, mais je te jure que ça va. Je n'ai pas besoin qu'on s'occupe de moi.

Il hausse les épaules.

— OK. De toute façon, faut que j'y aille… mais tant qu'à faire, je vais te laisser la boîte. Si tu n'aimes pas, c'est pas grave. C'était juste comme ça.

Il me tend un petit Tupperware qu'il vient de sortir de son sac, puis se lève.

— À plus, Summer.

Je résiste à l'envie de lui jeter son cadeau à la figure. Juste au moment où je commençais à le considérer comme un ami, je me rends compte qu'il est tout le contraire. Comme Jodie, il veut se mêler de ce que je mange et saboter mes efforts.

Je soulève le couvercle de la boîte en m'attendant à y trouver du gâteau au chocolat ou des caramels. Au lieu de ça, je découvre des morceaux d'ananas, de fraises et de mandarines parsemés de menthe fraîche. L'eau me monte à la bouche et je souris.

21

Je me force à manger trois repas légers par jour : des fruits pour le petit déjeuner ; de la salade au thon, au poulet ou au fromage frais le midi et le soir. Ça me permet de moins attirer l'attention, tout comme les superbes dîners que j'aide Mamie Kate à préparer. Personne ne semble remarquer que je n'y goûte pas, ni que Fred commence à s'enrober à cause de tout ce que je lui donne en douce sous la table.

Les vertiges cessent, et j'en profite pour redoubler d'efforts et consacrer toute mon énergie à la danse. Comme je n'ai plus le cerveau embrumé, je peux à nouveau bouger normalement et enchaîner les sauts et les pirouettes. La peur de l'échec s'estompe un peu.

Je me remets au travail pour peaufiner ma chorégraphie libre. J'essaie de m'imaginer à la place d'une des créatures ensorcelées par l'Oiseau de feu, qui dansent frénétiquement jusqu'à causer leur propre perte. Enfin, les idées me viennent. Quand Miss Élise me félicite en disant que je tiens le bon bout, je suis envahie par un immense soulagement. Si je m'entraîne dur, je pourrai peut-être y arriver. Je barre les jours sur le calendrier : douze, onze, dix.

Maman m'envoie des messages du Pérou : Paddy et elle ont quitté Cuzco et montent à présent vers le Machu Picchu. « C'est difficile, dit-elle, mais la vue en vaut la peine. Comment se passent les répétitions ? Tout va bien ? »

Que répondre ? Je ne sais même pas par où commencer.

« Ça va, je la rassure. Ne t'inquiète pas – je gère. »

Enfin, presque.

Honey a découvert que les parents de son copain intello, Anthony, étaient partis en vacances au pays de Galles et qu'il avait la maison pour lui tout seul. Elle passe aussitôt à l'action et commence à organiser une fête.

— Il habite au bout du village, m'explique-t-elle tout en dévalisant le stock de steaks hachés et de pains à hamburgers du congélateur. Pas de voisins… on va pouvoir se lâcher !

— Est-ce qu'il est au courant ? je demande tandis que ma grande sœur attrape une bouteille de mousseux et la glisse discrètement dans son sac.

— C'est lui qui a eu l'idée. Enfin, il m'a invitée à un barbecue, c'est pareil…

Je n'en crois pas mes oreilles. Anthony est venu à notre fête d'anniversaire, à Skye et moi, en février. Il a passé la soirée à suivre Honey comme un petit chien pendant qu'elle draguait tous les garçons. Elle lui jetait juste un sourire de temps en temps pour qu'il ne se fâche pas trop. J'imagine que cette fois encore, elle va le mener par le bout du nez.

— Allez, Summer, reprend-elle. Pour lui, une soirée réussie, ça veut dire jouer en ligne pendant des heures avec d'autres geeks qu'il ne connaît même pas. Ça va lui faire du bien de s'amuser pour de vrai. J'en ai parlé à tout le monde. Sauf à Zack – celui-là, il n'a pas intérêt à se pointer !

— Merci, je soupire. Mais tu es sûre que tu veux qu'on vienne ? D'habitude, tu ne nous invites jamais.

— Là, c'est différent. Vous êtes grandes. Et puis si on y va toutes ensemble, Mamie Kate ne me soupçonnera pas d'avoir une idée derrière la tête !

— Tu en as une ?

Honey ouvre de grands yeux innocents.

— Bien sûr que non !

La fête d'Anthony bat son plein. Le jardin est rempli d'ados, et quelqu'un a ouvert une fenêtre et mis la musique à fond. Le rythme des basses d'une chanson de R&B se mélange à l'odeur de viande grillée.

Je sais que je devrais être en train de répéter, mais mes sœurs et mes copines m'ont traînée jusqu'ici. Comme si ça ne suffisait pas, voilà que Tommy vient se planter à côté de moi.

— Encore toi, je soupire.

— Eh oui ! Comment ça va ? Le grand jour approche, non ?

— Dans une semaine, ça sera fini.

Anthony nous conduit vers le barbecue où Junior et Honey font cuire des saucisses, des steaks et des épis de maïs enveloppés dans du papier aluminium.

— Régalez-vous ! s'exclame-t-il. Honey est géniale, c'est elle qui a tout organisé ! Je ne savais même pas que j'avais autant d'amis !

Sauf que je ne suis pas sûre que tous ces gens soient là pour lui, vu qu'ils l'ignorent totalement.

Honey me fait signe et me tend un hamburger bourré de salade, de sauce et de fromage fondu.

— Oublie le régime, petite sœur, chuchote-t-elle. Profite un peu.

Je me crispe. Alors elle aussi, elle a remarqué que je mangeais moins ? Ça m'inquiète. Après avoir vérifié que personne ne me voyait, j'abandonne le hamburger sur une table de pique-nique.

— Ça prouve bien une chose, déclare Anthony en jetant un coup d'œil autour de lui, on n'a pas besoin d'être populaire pour avoir des amis. Qui aurait cru qu'une fille comme ta sœur s'intéresserait à moi ? Bon, OK, c'est parce que je l'aide pour ses devoirs. Mais du coup, les autres me remarquent. Avant, il y avait des types qui me cherchaient tout le temps, et depuis que je suis pote avec Honey, ils me fichent la paix. Regarde ça !

Les yeux d'Anthony brillent un peu trop fort derrière ses grosses lunettes, et je le vois jeter à ma sœur le même regard de chien battu que j'avais remarqué à mon anniversaire. Elle joue avec lui comme avec un yo-yo : elle l'attire à elle d'un battement de cils et d'un sourire ravageur, et deux minutes après, elle le laisse tomber.

— En tout cas, tu es le bienvenu à la maison toi aussi, je réponds poliment. On fait des soirées sur la plage de temps en temps. Ça te plairait.

— Merci ! s'écrie-t-il.

— Il reste à boire, Anthony ? réclame Honey, et dès qu'il tourne le dos pour aller lui chercher un jus de fruit, elle en profite pour embrasser Junior à pleine bouche.

— Elle sort avec Junior ? s'étonne Tommy. Anthony a l'air plutôt accro, non ? Et puis je croyais qu'elle avait des vues sur Marty, le type de la télé. Ils étaient plutôt collés l'autre soir, sur la plage…

— Honey est comme ça… Elle aime bien papillonner.

On entend un grand éclat de rire dans l'entrée et voilà que Chris, Marty et une bande de jeunes de l'équipe de tournage nous rejoignent dans le jardin, un verre à la main. Honey les appelle et ils se rassemblent tous autour d'elle comme des abeilles autour de leur reine.

Je repère Finn qui tient Skye par les épaules et lui murmure quelque chose à l'oreille. Je leur fais signe, mais ils se contentent de me sourire avant de se tourner à nouveau l'un vers l'autre. Plus personne n'existe pour eux, et je sens la colère monter en moi. Je suis heureuse pour Skye, Finn est très sympa, mais j'aurais préféré qu'il évite d'éloigner ma sœur de moi au moment où j'ai le plus besoin d'elle.

Un peu plus loin, Cherry rit avec Shay, et Millie et Tina discutent avec des garçons du lycée. J'essaie de me joindre à la conversation, mais ils ne parlent que de la journée de figuration, de moments à la plage où je n'étais pas, et de sorties en ville que j'ai ratées. Ces derniers temps, les répétitions occupent tout mon temps et je n'ai plus rien à leur dire.

Je regarde ma petite sœur Coco qui parle avec ses amis. Elle est très mûre pour ses douze ans. Je me suis tellement habituée à ce qu'elle fasse plus jeune que son âge que je suis presque choquée de découvrir qu'elle n'est plus une petite fille. Elle a mis du gloss et du fard à paupières, et dès qu'un garçon un peu mignon passe à côté d'elle, elle devient toute rouge. Je dois vraiment être bizarre, parce que moi, je ne veux plus rien avoir à faire avec eux.

C'est comme si grandir était une espèce de maladie qui se répand à toute vitesse, comme le virus de la grippe en hiver, et qui chamboule tout. Pour l'instant, je me sens immunisée. Je me contente de contempler l'épidémie, horrifiée par les dégâts qu'elle peut causer. Parfois, j'aimerais pouvoir arrêter le temps, retourner à l'époque où j'avais neuf ou dix ans et où tout était beaucoup plus simple.

— C'est un trampoline, là-bas, au fond du jardin ? demande soudain Tommy, ce qui me ramène à la réalité. Je ne savais pas que tu étais gymnaste, Anthony !

— Il est à ma sœur, répond ce dernier en haussant les épaules. Mais elle ne s'en sert plus, ça lui a passé.

— Cool, dit Tommy. Comme moi avec les blagues, les glaces et les voitures à pédales.

Je ne peux pas m'empêcher de penser que ce n'est pas cool du tout de devoir grandir et se lasser des choses qu'on aimait le plus.

22

Loin de la terrasse noire de monde, je descends entre les pommiers jusqu'au trampoline. Je repense avec un sourire à l'époque où je jouais sur celui de Tina, riant et essayant de toucher le ciel.

Je grimpe dessus et sautille une ou deux fois, le temps de trouver mon équilibre. Et puis je me lance à grands bonds joyeux, m'étire puis fléchis les genoux, à mon rythme, de plus en plus haut. Les sauts deviennent une sorte de danse, de méditation, aussi naturelle que le fait de respirer.

Autour de moi, le soir tombe peu à peu. Quelqu'un a remplacé le disque de R&B par du rock planant. À travers les arbres, j'aperçois la lueur des lanternes. Si je renversais la tête et levais les bras assez haut, je pourrais presque décrocher une étoile.

— Il y a de la place pour deux ? demande Tommy qui me rejoint sur le trampoline.

Quand il commence à sauter, le rythme change et je suis déséquilibrée. Tommy se cogne contre moi en criant et je le repousse à bout de bras, sans pouvoir m'empêcher de rire. C'est comme autrefois, dans le jardin de Tina : Skye, Tina, Millie et moi rebondissions toutes ensemble, nos bras et nos jambes s'emmêlaient et nous nous écroulions les unes contre les autres en gloussant de joie.

— Tommy ! je proteste. Fais attention !

— J'y peux rien ! glapit-il. Je ne peux pas m'en empêcher ! C'est dingue !

Il m'attrape la main dans le noir et finalement, nous arrivons à nous synchroniser, morts de rire, mes longs cheveux frôlant son visage à chaque rebond. Au bout d'un moment, nous perdons la cadence, trébuchons et nous étalons sur le dos, à bout de souffle. J'essaie de me redresser, mais Tommy me retient.

— Ça suffit, Summer. Arrête un peu. Tu es là depuis super longtemps… tu dois être épuisée.

Jamais assez, dit la voix. *Fainéante, fainéante, fainéante. Encore !*

J'ai beau me débattre, Tommy s'accroche à ma main.

— Ça va, je te dis, insiste-t-il. Ça suffit.

Une partie de moi accepte de le croire, alors je m'allonge sur le tissu élastique le temps de reprendre mon souffle, et je sens des tiraillements dans tous mes muscles. Le contact de la main de Tommy me brûle. Je me redresse brusquement, m'écarte et m'assieds au bord du trampoline, les jambes ballantes. Tommy rampe jusqu'à moi.

— C'était marrant, lance-t-il, encore un peu es-soufflé.

— Ouais.

Je passe une main dans mes cheveux et je remets en place la petite barrette qui a glissé derrière mon oreille.

— J'aime bien cette fleur, dit Tommy.

— Moi aussi. Zack me l'a offerte pour Noël avant qu'on sorte ensemble. Je l'ai trouvée dans mon casier avec une carte anonyme. Romantique, tu ne trouves pas ?

— Tu es sûre que c'était lui ?

— Évidemment. Il n'en a jamais parlé, mais... de qui d'autre est-ce que ça pourrait venir ?

— Qui d'autre ? répète-t-il tristement. En effet, je ne vois pas...

— De toute façon, les histoires d'amour ça ne m'in-téresse plus. Je préfère me concentrer sur ma carrière. Franchement, tout ça c'est à cause des hormones qui nous chamboulent. Les filles veulent du romantisme, et les garçons... je ne sais pas, ils veulent autre chose.

— Pas toujours. On n'est pas tous comme Zack. Et toutes les filles ne cherchent pas l'amour non plus.

Je pense à Honey, qui enchaîne les copains comme un papillon passe de fleur en fleur. Mais peut-être que c'est justement l'amour qu'elle cherche. Sauf qu'elle s'y prend mal.

— Plus j'y réfléchis, plus je me dis que ça craint, de grandir. On dirait que la nature se moque de nous, c'est du grand n'importe quoi.

Entre les arbres, on aperçoit les autres qui dansent à la lueur des lanternes. On entend de la musique, des rires, des cris et des bavardages.

— C'est vrai que ça donne parfois cette impression, reconnaît Tommy. Anthony est raide dingue de ta sœur, pas vrai ? Alors que pour elle, c'est juste un copain. Intelligent, utile… mais juste un copain. Ça ne doit pas être facile à vivre pour lui.

— Enfin, il doit bien se rendre compte qu'il ne l'intéresse pas, non ? Il faut qu'il l'accepte.

— Pas évident, quand on craque pour quelqu'un.

— Sans doute. Et toi, alors ? Tu craques pour qui ? Millie ?

— Tu rêves !

— Pourtant elle te plaisait bien, en février, le jour de notre fête d'anniversaire !

Tommy prend un air indigné.

— C'est elle qui m'a sauté dessus ! Je marchais tranquillement dans la salle, et soudain elle m'a attrapé par le cou. Elle est beaucoup plus féroce qu'elle n'en a l'air !

J'éclate de rire.

— Millie est une fille géniale, ce n'est pas le problème, précise Tommy. Mais j'en préfère une autre…

Je me mords les lèvres.

— Ça ne serait pas Skye ? Parce que tu passais pas mal de temps avec elle, avant que Finn arrive.

— Non, ce n'est pas Skye.

— Tina ? je tente. Je chauffe ?

Tommy secoue la tête.

— Tu gèles. Rien à voir.

— Bon, alors c'est qui ?

Le silence s'abat sur nous comme un épais rideau.

— Allez, crache le morceau ! je le taquine en lui donnant un petit coup de coude dans les côtes.

Mais Tommy me repousse et contemple le jardin en évitant mon regard. Soudain, une intuition effrayante me noue le ventre. Je n'ai plus envie de connaître la réponse. Plus du tout.

— Elle n'est pas au courant, murmure Tommy. Elle ne se doute de rien.

À moins que justement, elle commence à se douter de quelque chose.

— Et si ce n'est pas réciproque ? je souffle. Si elle n'a pas envie d'avoir un copain ?

— J'attendrai, répond-il. Je veux qu'elle le sache. J'attendrai le temps qu'il faudra.

Mon visage s'empourpre dans le noir.

— Peut-être… peut-être qu'elle te voit juste comme un ami ?

— Peut-être. Ou bien elle ne me voit pas du tout.

Il saute du trampoline et s'éloigne entre les arbres, me laissant là, sous le choc. Je repense au jour où, quand j'avais cinq ans, à la cantine, Tommy était venu me demander si je voulais être son amoureuse. Puis il avait tout gâché en me postillonnant dans l'oreille. Est-ce qu'en fait, je lui plaisais vraiment à l'époque ? Et si c'était encore le cas ?

Skye sort de l'ombre, main dans la main avec Finn.

— Coucou, dit-elle. On t'a cherchée partout. Il est presque onze heures, il faut qu'on rentre. Coco est déjà partie depuis un moment, elle dort chez Liz, et Shay est en train de raccompagner Cherry à la maison...

Je vois bien qu'il y a quelque chose dont elle n'ose pas me parler.

— Mais alors... c'est quoi, le problème ? je lui demande en descendant du trampoline.

— C'est Honey. Elle refuse de venir... elle dit que Mamie Kate ne lui en voudra pas de passer la nuit ici. J'ai beau lui répéter qu'elle n'a pas le choix, elle ne m'écoute pas. Pourtant, on a promis à maman de respecter le couvre-feu, et elle aussi !

Évidemment, Skye ignore que Honey est déjà sortie plusieurs fois en douce après onze heures, sans doute pour rejoindre Junior. Mais moi, comme je ne dors plus beaucoup la nuit, j'entends le moindre mouvement, le moindre grincement de parquet. Ma grande sœur continue à jouer les rebelles.

— Je vais lui parler, je soupire.

Je trouve Honey entourée de son cercle d'admirateurs, sous un pommier décoré de lampions. Junior la tient par la taille. Je lui tire la manche.

— Honey, il est presque onze heures, il faut qu'on y aille !

— Pourquoi ? Sinon je vais me transformer en citrouille ?

— C'est le couvre-feu, je lui rappelle. Mamie Kate nous attend. Et maman nous a fait jurer…

Honey se détache de Junior et m'entraîne à l'écart.

— Écoute, Summer, je n'ai pas l'intention de partir maintenant. J'ai été punie pendant des mois… alors j'ai le droit de profiter un peu de ma liberté ! On n'est plus des gamines ! Tu n'as qu'à trouver une excuse. Dis à Mamie Kate que je dors chez une copine.

Je fronce les sourcils.

— Quelle copine ?

Elle lève les yeux au ciel.

— Aucune, je vais rester ici, patate ! La soirée vient seulement de commencer ! Je dormirai sur le canapé. Ça ne dérangera pas Anthony…

Évidemment, puisque ça ne le dérange pas non plus qu'elle organise des fêtes chez lui et qu'elle drague tous les garçons – mais je n'ose pas le lui dire. Parfois, je trouve que ma sœur est cruelle.

— Honey, je supplie. Mamie Kate va s'inquiéter…

— Pas si tu lui dis que je dors chez une copine. Coco a le droit, alors pourquoi pas moi ? Tu n'as pas besoin de lui avouer qu'en vrai, c'est chez un copain !

— S'il te plaît, ne m'oblige pas à mentir pour toi !

— Ce n'est pas exactement un mensonge. Plutôt un service que tu me rends. Et en échange… eh bien, je ne dirai à personne que tu ne manges plus. Franchement, Summer, tu croyais qu'on ne s'en apercevrait pas ? À quoi tu joues ?

— Je ne vois pas de quoi tu parles !

— Je parie que si, insiste Honey en m'attrapant par le poignet pour m'empêcher de m'éloigner. Mais très bien, comme tu veux. Allons en discuter avec Mamie Kate…

— Non, s'il te plaît, ne fais pas ça ! Dans une semaine, après l'audition, j'arrêterai…

— Tu as intérêt, me prévient ma sœur. Sinon, j'appelle maman au Pérou pour la mettre au courant. Tu es folle ! Tu n'as pas besoin de perdre de poids, tu es déjà à peine plus épaisse qu'une brindille. Tu vas te rendre malade !

— Tu ne peux pas comprendre !

Elle me jette un regard froid.

— Non, en effet. Et je ne compte pas garder ça pour moi très longtemps, alors tu ferais bien d'y mettre un peu du tien. Je ne mentionnerai pas ton régime idiot à condition que tu dises à Mamie Kate que je dors chez une copine. OK ?

Elle serre très fort mon poignet, mais je parviens à me libérer et m'enfuis en courant dans le jardin pour retrouver Skye et Finn.

— Alors, elle vient ? me demande ma jumelle.

Comme je secoue la tête, Skye baisse les yeux, l'air triste. Honey est vraiment sur une mauvaise pente. Elle m'a piégée et je ne peux pas m'empêcher de me sentir trahie.

23

Le lendemain, je prépare mes cupcakes préférés pendant que Mamie Kate cuisine une tourte à la viande. Faire de la pâtisserie est devenu pour moi une sorte de torture, de punition. Même si je sais que je ne pourrai pas manger ce que je prépare, j'éprouve un certain plaisir à mesurer les ingrédients, à verser la pâte dans les jolis moules et à respirer l'odeur délicieuse et sucrée qui sort du four. Je mélange du beurre, du sucre et de l'essence de vanille pour le glaçage, puis j'en étale une bonne couche sur chaque cupcake avant de le décorer d'un quartier de mandarine.

Mon ventre gronde. J'ai l'eau à la bouche, mais je ne faiblis pas. Hier soir, quand j'ai menti pour couvrir Honey, Mamie Kate ne m'a posé aucune question. J'aurais préféré qu'elle soit moins crédule.

Ma grande sœur rentre à la maison vers deux heures de l'après-midi avec un bouquet de fleurs des champs qu'elle a cueillies en route. Mamie Kate est charmée.

— Oh, merci, Honey ! s'exclame-t-elle. Mes petites chéries… c'est un vrai bonheur de passer du temps avec vous ! Et vous êtes si sages. La prochaine fois, essaie juste de me prévenir à l'avance quand tu vas passer la nuit chez une amie, d'accord, Honey ? Comme ça je saurai exactement où tu es...

— Je suis désolée, Mamie Kate, s'excuse ma sœur avec un air innocent. Je n'ai pas réfléchi...

— Ne t'inquiète pas, il n'y a pas de mal.

Honey me jette un regard satisfait et attrape un cupcake. Quand elle mord dans le gâteau encore chaud, je frissonne.

— Tu en veux ? me propose-t-elle en l'agitant sous mon nez. C'est toi qui les as faits, tu vas quand même y goûter, non ?

— Bien sûr, je mens. Je m'apprêtais à en emporter un pour aller lire dans le hamac.

Honey se met à rire.

— Tu comptes le manger ? me demande-t-elle d'un air moqueur. Ou bien le donner à Fred ? On dirait qu'il a grossi, tu ne trouves pas, Mamie Kate ? Comme si quelqu'un le nourrissait en cachette.

Si j'en avais le courage, je la giflerais. Ça ne regarde que moi si j'ai envie d'offrir ma nourriture au chien.

— Il n'a pas changé, je marmonne, les dents serrées.

— Si tu le dis... réplique Honey en prenant un deuxième cupcake.

— Ne te coupe pas l'appétit, je lance. Il y a de la tourte pour le dîner...

— Mamie Kate a décidé de t'engraisser ? Il était temps. Hum, de la bonne pâte feuilletée et de la viande bien juteuse ! Ça va être délicieux, non ? Enfin, à condition que tu en manges, bien sûr.

— Évidemment qu'elle va en manger ! proteste Mamie Kate. Elle m'a aidée à la préparer, pas vrai, Summer ? On va se régaler !

Honey se contente de hausser un sourcil pendant que je la fusille du regard.

— On a passé un accord, je te rappelle ! je souffle dès que Mamie Kate a le dos tourné.

Honey rit.

— Bouche cousue !

Je suis blessée. J'ai beau adorer ma grande sœur, je ne la comprends plus. Elle est belle, drôle, gentille et intelligente, mais elle a aussi un côté sombre, méchant et cruel. Et je ne sais pas comment réagir à ses provocations. C'est pire que tout ce que Zack pourrait me dire ou que les critiques de Miss Élise. Ça m'atteint en plein cœur.

Je sais bien qu'elle n'a pas encore digéré la séparation de maman et papa – elle ne l'a jamais caché. Mais elle se comporte comme si elle était la seule à en souffrir, ce qui est injuste. Ce n'est pas parce qu'on cache ses sentiments qu'on n'en a pas.

Depuis le départ de maman, Honey fait vraiment n'importe quoi. Elle dépasse les limites et cette fois, sa cible n'est ni Cherry, ni Paddy, ni maman ; c'est moi.

À l'heure du dîner, je me réfugie dans ma chambre pour revoir mes exercices de barre, une main sur le rebord de la fenêtre. J'ai dit à Mamie Kate que je n'avais pas faim, mal à la tête et mal au ventre. Ce qui est vrai. J'ai mal à la tête à force d'essayer de cacher mes choix alimentaires à ma famille, qui ne les comprendrait pas ; de m'efforcer de satisfaire Miss Élise en me préparant pour l'audition ; et de prétendre que tout va bien alors que j'ai l'impression que le monde s'écroule sous mes pieds. Et j'ai mal au ventre à cause de la faim, de la peur et du stress qui me rongent.

Je voudrais me rouler en boule sous ma couette et dormir pendant des jours et des jours jusqu'à ce que tout s'arrange. Sauf que je ne peux pas abandonner maintenant.

Encore un petit effort, me susurre la voix. *Tu y es presque, tu vas y arriver.*

Pour une fois, elle est encourageante, même si ce qu'elle me demande est pénible et douloureux. De toute façon, je ne peux pas m'empêcher de lui obéir. Alors je danse jusqu'à ce qu'il fasse nuit.

Jusqu'à tomber d'épuisement.

24

Le dimanche, au studio, Jodie me regarde d'un air inquiet, comme si j'avais une maladie grave ou je ne sais quoi. Elle est arrivée en avance pour s'entraîner avant la leçon de Miss Élise et m'a surprise en train d'enfiler mon justaucorps.

Elle paraît choquée, mais j'ai compris son petit manège. Elle essaie juste de me décourager. Elle voit bien que j'ai perdu du poids, et elle se sent menacée. Évidemment : si Sylvie Rochelle doit choisir entre une fille ronde et une fille mince, elle prendra la deuxième.

Enfin, je crois…

Le problème, c'est que je n'ai pas encore assez maigri. Mes cuisses me paraissent énormes dans les collants blancs, et mes hanches et mes fesses sont beaucoup trop grosses.

J'enfile le grand tee-shirt que je mets toujours pour les répétitions. D'habitude, Miss Élise tient à ce qu'on porte la tenue réglementaire, justaucorps et collants, mais pour les cours particuliers elle est beaucoup moins stricte. Ce qui compte, c'est notre façon de danser, pas nos vêtements.

— Summer ? m'appelle Jodie.

Je ne réponds pas. Je n'aurais jamais cru qu'on se fâcherait un jour. Mais je n'y peux rien si elle est jalouse de moi.

Je passe dans la salle et m'échauffe à la barre avant de commencer. Complètement absorbée par la danse, je remarque à peine que Jodie est restée dans le vestiaire. Tant mieux. J'espère qu'elle culpabilise à cause de son attitude.

Tout à l'heure, je dirai à Miss Élise que je ne pourrai pas encadrer le stage la semaine prochaine. Ça m'embête, mais je vais devoir consacrer tout mon temps à m'entraîner si je veux être au point. Elle comprendra sûrement.

Jodie et Sushila arrivent enfin, suivies de Miss Élise. Notre professeur demande à voir nos chorégraphies et, quand vient mon tour, elle m'observe avec attention, les yeux plissés. Même si elle ne dit rien, je sais que je danse beaucoup mieux que la dernière fois. J'y mets toute mon énergie, tout mon cœur, et le stress et la confusion des dernières semaines s'estompent enfin. Voilà pourquoi la danse compte autant pour moi. Elle est aussi vitale que l'air que je respire.

— C'est bien, Summer, commente Miss Élise une fois que j'ai terminé. Beaucoup plus expressif. Bravo.

À la fin du cours, elle me prend à part.

— Comment ça va ? me demande-t-elle. Tu te sens prête ?

Je souris.

— J'ai trop hâte ! Je travaille vraiment dur, Miss Élise, je vous jure. Je ne vous décevrai pas.

Elle fronce les sourcils.

— Je t'ai jugée un peu trop vite, l'autre jour, s'excuse-t-elle. J'ai cru que tu ne prenais pas cette audition au sérieux, que tu ne faisais pas assez d'efforts. Mais je me suis trompée. Je me demande même si ce n'est pas le contraire, si tu ne t'entraînes pas un peu trop…

— Trop ? je répète, étonnée.

J'ai du mal à concevoir que ce soit possible. Plus on répète, mieux c'est, non ?

— Je sais que tu passes énormément de temps ici. Le jour J approche. Même si tu es perfectionniste, je voudrais que tu conserves ta fraîcheur et ton énergie.

— D'accord…

— C'est pourquoi je préférerais que tu t'entraînes un peu moins, maintenant. La semaine prochaine, c'est le stage d'été des petites et tu as promis de donner un coup de main. Tu es douée avec les enfants. J'aurais besoin que tu viennes tous les jours, de neuf heures à seize heures, pour t'occuper d'un des groupes.

Je panique. Tout ce temps perdu… est-ce que Miss Élise veut me voir échouer ?

— Mais l'audition, c'est samedi ! Il vaut mieux que je me concentre là-dessus, non ? Ça ne me dérange pas de vous aider une heure ou deux par jour, mais…

— Ça te fera du bien de penser à autre chose, soupire Miss Élise. Prends un peu de recul, ça te permettra de mettre les choses en perspective.

Ça veut dire quoi, « en perspective » ?

— S'il te plaît, insiste Miss Élise. Je comptais sur toi. Jodie sera là elle aussi.

Évidemment. Comment puis-je refuser alors que mon professeur me donne des cours supplémentaires gratuitement ? Je me force à sourire.

— D'accord, je viendrai. Pas de problème.

— Une dernière chose, ajoute-t-elle d'une voix douce. Certaines de tes camarades s'inquiètent pour toi, et depuis qu'elles m'ont mise au courant, je me fais du souci moi aussi. Tu n'as pas l'air très en forme en ce moment. Est-ce que tu fais un régime ?

Je sens la colère monter. Jodie. Cette sale jalouse est allée cafter à Miss Élise, c'est pour ça qu'elle est restée aussi longtemps dans le vestiaire. Je lève le menton d'un air de défi.

— Je mange très bien, je réponds. Je fais attention, je choisis des plats équilibrés, c'est tout ! Qu'est-ce qu'il y a de mal à ça ?

Miss Élise secoue la tête.

— Tu as maigri, Summer, c'est évident.

La fierté m'envahit et je ne peux pas m'empêcher de sourire. Si Miss Élise s'en est rendu compte, Sylvie Rochelle le verra elle aussi.

— Promets-moi d'arrêter ces bêtises, reprend mon professeur. Ne me déçois pas.

— C'est promis.

Mais ces derniers temps, les promesses ont tendance à me glisser entre les doigts et à se briser en mille morceaux à mes pieds.

Finalement, l'encadrement du stage d'été se passe plutôt bien. Je suis chargée de conduire les petites filles en justaucorps de salle en salle, pour qu'elles puissent essayer les différents cours dispensés par l'école – jazz, classique, claquettes et théâtre dansé. D'ici à la fin de la semaine, elles auront appris trois chorégraphies et un extrait de comédie musicale.

Le premier jour, les élèves m'entourent et me bombardent de questions en me suppliant de les aider à se coiffer ou à attacher leurs chaussons. J'envie leur innocence. Quand j'avais sept ou huit ans, moi aussi j'avais de grands yeux brillants. J'étais sûre de moi, tranquille et à ma place. Ma jumelle connaissait tout de moi ; maman et papa étaient encore ensemble. Je n'avais aucun doute sur l'avenir : je deviendrais danseuse et monterais sur la scène de l'Opéra royal. Je ne me demandais pas une seconde si ce serait difficile.

C'est drôle de voir comme les choses changent. La confiance en soi s'envole, les familles s'écroulent, les sœurs jumelles tombent amoureuses et n'ont plus de temps pour vous. Le rêve a vite fait de se transformer en cauchemar.

Bien sûr, je ne le dis pas aux petites.

— La danse, c'est un peu comme de la magie, je leur explique. Elle remonte aux origines de l'humanité. C'est une façon de s'exprimer sans les mots et de répondre à la musique. Mais vous devrez travailler très dur pour que la magie opère !

— D'accord ! promettent les filles en chœur.

L'une d'entre elles me prend la main et lève vers moi de grands yeux verts.

— Je m'appelle Emma, déclare-t-elle d'une voix sérieuse. Quand je serai grande, je veux être comme toi…

Si tu savais… je ne te le souhaite vraiment pas.

Pendant la pause, je les emmène à la cafétéria pour leur donner à boire, des biscuits et des fruits ; je picore quelques fraises pendant qu'elles dévorent des cookies aux pépites de chocolat. Je songe à l'époque où je ne me préoccupais pas des calories. J'aimerais tellement pouvoir remonter le temps.

Puis, à midi, les fillettes s'installent à table pour manger des sandwichs, des chips et des glaces. J'ai apporté mon propre déjeuner : salade, tomates et thon, une mandarine et un verre d'eau.

— Tu ne veux pas de glace ? me demande Emma, étonnée. Tu n'aimes pas ça ?

— Si… mais… j'essaie juste de rester mince, je lui explique, un peu gênée. J'ai une audition importante samedi, pour entrer dans une super école de danse.

Elle fronce les sourcils.

— Et… du coup, tu n'as pas le droit de manger ce que tu veux ? Je ne comprends pas. Parce que tu es déjà très mince, Summer. Tu ressembles à une vraie danseuse !

— Merci, je réponds, les joues roses de plaisir.

J'espère que les membres du jury seront du même avis.

Emma repousse son dessert à moitié mangé.

— Moi aussi je veux être mince, déclare-t-elle en regardant son petit ventre rond moulé dans le just-aucorps rose.

J'ai tellement honte que ça me rend malade.

— Tu es parfaite comme tu es ! je m'écrie. Vous êtes toutes parfaites ! Dépêche-toi de finir ça !

Soulagée, elle s'empresse d'engloutir une énorme cuillerée en riant avec ses copines. Ce serait vraiment horrible si, à cause de moi, les petites filles croyaient qu'elles ne peuvent plus manger de glace. Pour rien au monde je ne voudrais qu'Emma se trouve moins bien que les autres. Ou qu'elle se sente comme moi, lourde, triste et incapable d'atteindre son rêve.

De l'autre côté de la cafétéria, Jodie est assise au milieu de son groupe et rit en dégustant sa dame blanche dégoulinante de sirop au chocolat et de pépites de sucre. Je frissonne, même si au fond je voudrais bien être à sa place, en train de me régaler. Surtout qu'honnêtement, on ne peut pas dire qu'elle soit grosse. Elle est mince, jolie et elle semble heureuse. Elle croise mon regard et me sourit, mais je me fige et je détourne la tête, furieuse.

Tu n'as pas besoin d'elle, souffle la voix. *Regarde-la, tu as vu comme elle s'empiffre ? C'est écœurant !*

Je suis tellement dégoûtée que je ne finis même pas mon Tupperware de salade.

25

À seize heures, une fois les ateliers terminés et les fillettes rendues à leurs mamans, leurs papas ou leurs grands-mères, je monte au studio pour revoir ma chorégraphie libre.

Chaque pas est parfait, chaque mouvement fluide et précis. Je danse, tourbillonne, bondis, mais quoi que je fasse, je n'arrive pas à me perdre dans la musique. J'ai l'impression de répéter un enchaînement mécanique. Je pourrais même le faire en dormant, mais je suis incapable d'y mettre de la vie. Plus j'essaie, plus la magie m'échappe.

Est-ce que le jury va s'en apercevoir, samedi ? Ils cherchent la perfection et l'excellence technique – pour ça, je pense que ça ira. Mais ils veulent plus : ils veulent voir du talent, de l'émotion, de la créativité. Et toutes ces qualités, que j'avais avant, ont disparu.

Pas étonnant que j'aie peur. Mon rêve est en train de s'éloigner à grands pas.

Quand je termine la dernière pirouette, je suis épuisée et tremblante à cause de mes efforts surhumains pour atteindre la perfection et retrouver la fameuse étincelle.

— Summer ?

La voix de Miss Élise interrompt le cours de mes pensées. Elle se tient à la porte de la salle et n'a pas l'air ravie.

— Cette chorégraphie, ce n'est pas toi, commente-t-elle. Comme je te l'ai dit la semaine dernière, tu travailles trop. Techniquement, je n'ai rien à redire, mais... il manque quelque chose.

J'ai le cœur brisé et ça doit se voir sur mon visage, car Miss Élise soupire.

— Je suis désolée.

Elle s'approche de moi et passe son bras autour de mes épaules pour me réconforter. Soudain, elle recule et je lis de la surprise, presque du dégoût, dans ses yeux.

— Enfin, Summer ! s'exclame-t-elle. Tu n'as plus que la peau sur les os ! Tu veux bien enlever ce tee-shirt ? Tu te caches là-dessous depuis des semaines.

Je baisse la tête. Je n'ai vraiment pas envie de lui obéir, parce que si elle me voit en justaucorps, Miss Élise se rendra compte que j'ai encore beaucoup à perdre. Je croise les bras sur ma poitrine, maladroite et sur la défensive.

— Alors, ce tee-shirt ? insiste-t-elle.

Je lui tourne le dos pour me déshabiller. J'ai l'impression d'être une énorme baleine échouée, exposée aux regards.

— Mon Dieu, murmure-t-elle. Tu fais peine à voir…

Je vois qu'elle est choquée. J'entends ce qu'elle dit, mais tout ce que j'éprouve, c'est une immense satisfaction. J'ai gagné. J'ai passé des semaines à me priver, la faim au ventre, pendant que mes sœurs dévoraient des muffins, des pizzas et des gâteaux à la crème que je goûtais à peine. J'ai prouvé que j'étais forte et déterminée. J'ai réussi à modifier mon apparence.

Je me regarde dans le miroir de la salle de danse. Pendant une seconde, j'aperçois une fille longiligne aux yeux bleus cernés, à la peau pâle et aux cheveux blonds tressés et ramassés en chignon. Elle est très mince, avec une silhouette d'enfant. Ses côtes se dessinent sous le tissu, les os de ses hanches dépassent et son ventre est creux. Et puis l'image change. Le reflet se déforme sous mes yeux, il ondule et se tord comme dans les miroirs de la fête foraine.

Mon cœur se serre. La fille que je vois est énorme, affreuse, boudinée dans son justaucorps. Des larmes salées se mettent à couler sur mes joues, l'une après l'autre, sans que je puisse les arrêter.

— Summer, reprend Miss Élise. Tu m'entends ? Il faut que tu recommences à manger. Et à partir de maintenant, je t'interdis de t'entraîner. Tu es allée trop loin.

Ne l'écoute pas, ne l'écoute pas, ne l'écoute pas ! hurle la voix.

— Tu te détruis la santé, continue mon professeur. Je sais ce que tu es en train de faire, et crois-moi, c'est un jeu dangereux.

— Ce n'est pas un jeu, je souffle.

— Non, tu as raison. Mais quoi que ce soit, il faut que ça cesse, tout de suite. Je devrais peut-être appeler ta mère pour en discuter avec elle.

— Maman est au Pérou.

— Ah oui, c'est vrai, en lune de miel. Eh bien… ta grand-mère, alors ? Tu veux que je lui parle ?

Je prends une grande inspiration et j'essuie mes larmes. La tête haute, je regarde Miss Élise droit dans les yeux.

— Je ne suis pas au régime, je mens. Et je vais très bien, je vous jure. Je suis juste un peu stressée à cause de l'audition. J'ai peut-être fait un peu trop d'exercice et un peu trop limité les sucreries, mais c'est parce que j'ai envie de réussir. J'en ai tellement, tellement envie.

— Je sais. Mais vois-tu, Summer, ce n'est pas comme ça que tu y arriveras.

Qu'est-ce qu'elle en sait ? proteste la voix. *Elle essaie de t'arrêter, elle va tout gâcher…*

Pourtant, Miss Élise est mon professeur. Elle m'a toujours soutenue, toujours poussée et encouragée. Et elle a toujours cru en moi. Pourquoi aurait-elle changé d'avis ? Tout ça me donne mal à la tête.

— Écoute, tu es vraiment douée pour la danse, m'assure-t-elle. Tu as quelque chose d'unique. Mais toute cette pression… le stress de l'audition… ça a fini par t'atteindre.

— Non, pas du tout ! Ça va !

Elle secoue la tête.

— Malgré ton talent, je ne suis pas certaine que tu sois prête pour ce type d'école. Ça ne convient pas à tout le monde. C'est une carrière très éprouvante, et à moins d'être vraiment forte…

— Je suis forte ! je chuchote. Je peux y arriver ! La pression, le stress, je saurai les gérer, Miss Élise. Au contraire, ça m'incite à travailler davantage !

Des pensées terribles me passent par la tête. Miss Élise connaît bien Sylvie Rochelle. Et si elle lui disait que je ne suis pas taillée pour une carrière de danseuse ? Ma réussite à l'audition peut très bien dépendre de son opinion.

— Je veux cette bourse plus que tout ! je plaide. Il faut que vous compreniez ! S'il vous plaît, ne me dites pas que je ne suis pas faite pour ça ! Ne dites pas à Sylvie Rochelle que je ne suis pas assez bonne !

— Bien sûr que non, je te soutiens et je ne dirais jamais à Sylvie que tu manques de talent, parce que ce n'est pas vrai. Tout ce que je veux, c'est que tu réfléchisses un peu à tout ça. Est-ce réellement ce que tu souhaites ? Supporter un tel degré de stress, toute ta vie ? La danse classique n'est pas une voie facile.

— Je le sais bien !

— Peu de danseurs parviennent à en vivre. Et ceux qui y arrivent s'engagent pour des années de dur labeur, d'horaires contraignants et de déceptions. Derrière les bouquets de fleurs et les tutus, il y a surtout une carrière très courte, même pour les meilleurs…

— Je sais tout ça, je répète. Qu'est-ce que vous sous-entendez, que je ne suis pas assez douée, que je n'ai pas les qualités qu'il faut ?

Je n'attends même pas sa réponse. Je pars en courant, j'attrape mon sac dans le vestiaire et je sors de l'école sans me retourner.

26

Le lendemain, je me présente à l'école comme d'habitude, car je n'ai pas l'intention de laisser tomber mes élèves. Mais je prends soin d'éviter Miss Élise.

Avant, j'avais confiance en elle. C'était une des personnes que je respectais le plus. Un seul compliment de sa part me mettait sur un petit nuage. Sauf que maintenant, je sais ce qu'elle pense vraiment. Elle me trouve fainéante, trop faible pour supporter la pression d'une école de danse spécialisée. Et grosse, aussi, même si elle a dit le contraire hier. Elle mentait : je suis loin de n'avoir que la peau sur les os. Elle voulait uniquement se moquer de moi.

J'essaie d'écarter cette idée et me concentre sur mon travail avec les petites. Je commence à bien les connaître, à découvrir leurs points forts, leurs défauts, leurs personnalités, et même un aperçu de leurs espoirs et de leurs rêves. Je m'occupe beaucoup d'Emma pour essayer de lui donner confiance en elle et l'aider à apprendre les pas et les enchaînements.

En cours de comédie musicale, les élèves préparent un extrait de *Mary Poppins*. Hier, mon groupe a fait des exercices de théâtre et des échauffements, et aujourd'hui, il passe au chant. À ma grande surprise, je constate qu'Emma a une très jolie voix claire qui retient l'attention du professeur.

— Bravo, la félicite-t-il. Les épaules en arrière, prends une grande inspiration et chante avec le ventre. Génial !

Emma rayonne, les joues toutes roses.

Le lendemain, les filles répètent une chorégraphie pour accompagner l'une des chansons du film. C'est chouette de voir les choses se mettre en place, et rassurant de s'apercevoir que chaque élève a des qualités différentes. Certaines sont douées pour le théâtre, d'autres pour la danse, d'autres pour le chant.

Emma est timide, mais dès qu'elle se met à chanter, elle s'illumine. À la fin du cours, le professeur lui annonce qu'elle a été choisie pour interpréter le rôle de Mary Poppins.

Elle ouvre de grands yeux.

— C'est vrai ? Moi ? Vous êtes sûr ?

— Certaine, je confirme. On est obligé de prendre la meilleure, et c'est toi !

— Alors si tu crois que j'en suis capable, je le ferai, déclare-t-elle.

Pendant que les petites sortent de la salle, le professeur me retient. Je me méfie. Est-ce qu'il va me parler de mon poids, lui aussi ? Est-ce que Miss Élise lui a demandé de garder un œil sur moi ?

Peut-être pas.

— Tu es très douée avec les enfants, me complimente-t-il. Je vois passer tous les groupes, et par rapport aux autres encadrantes, tu sors vraiment du lot. Tu y mets du tien, tu t'intéresses aux filles. Grâce à toi, elles progressent et gagnent en confiance. C'est un vrai talent, tu sais. Merci !

— Oh… mais de rien. Ça m'amuse.

Je ne mens pas.

Cette semaine, je pense moins à l'audition. Elle est là, dans un coin de ma tête, mais quelques heures par jour, j'oublie mon stress et retrouve le côté agréable de la danse. Je me souviens pourquoi j'aimais autant ça.

Enfin, pourquoi j'aime autant ça, même aujourd'hui.

Mais en rentrant à Tanglewood, je me sens très mal. J'ai beau ne plus avoir confiance en Miss Élise, j'ai peur de lui désobéir. Je ne veux pas prendre le risque de rater mon audition.

Et comme elle m'a interdit de m'entraîner, je deviens folle. Je prépare une quiche dégoulinante de fromage et deux plats de brownies au chocolat qui sentent divinement bon. Je n'en mange pas une miette. Ensuite, je passe la serpillière dans l'entrée et dans la cuisine, range le salon et traîne dans les pattes de Mamie Kate.

— Repose-toi un peu, Summer, râle-t-elle. Ton audition a lieu samedi, je te rappelle.

Comme si je pouvais l'oublier.

Tu vas échouer, répète la voix dans ma tête. *Tu n'as pas assez travaillé. Tu n'es pas assez bonne…*

Je sors de la maison et me dirige vers la falaise pour descendre sur la plage déserte. Il est un peu tard pour me baigner, et de toute façon j'aurais trop peur de me noyer vu qu'en ce moment, je perds déjà pied sur la terre ferme.

À la place, je me mets à courir le long de l'eau, et chaque pas m'aide à faire taire la vilaine petite voix. Je cours jusqu'à ce que ma tête soit vide, mon corps fatigué et mes muscles douloureux. Le soir tombe quand je fais demi-tour et repars dans l'autre sens comme pour me punir, dans l'espoir de trouver enfin la paix.

Lorsque j'atteins les marches de la falaise, j'aperçois une silhouette assise sur un rocher, le visage tourné vers l'océan.

— Tommy ? je lance, surprise. Que fais-tu là ?

— Je passais dans le coin.

— Ouais, bien sûr.

— Bon, d'accord. Je suis venu te souhaiter bonne chance, te dire « merde » pour samedi. Comme tu n'étais pas chez toi, je suis descendu sur la plage bronzer un peu. Mais même le soleil m'a abandonné…

Je me laisse tomber sur le sable tiède, heureuse de pouvoir enfin reprendre mon souffle.

— Je suis allée faire un footing, j'explique à Tommy. Pour me changer les idées. En tout cas... merci d'avoir pensé à moi.

— C'est pas pour être malpoli, hein, c'est juste ce qu'on dit dans ces cas-là. J'espère que ça va se passer comme tu veux. Même si ça signifie que tu dois partir. Tu reviendras pour les vacances, pas vrai ?

— Évidemment.

C'est bizarre. Alors que je consacre toute mon énergie et tous mes efforts à cette audition, parfois, je ne me souviens même plus pourquoi elle est si importante pour moi. J'essaie de m'imaginer le parquet ciré et les murs couverts de miroirs de la Rochelle Academy, ceux que j'ai vus sur la brochure, mais ils m'échappent comme des souvenirs lointains à moitié oubliés. On dirait que ma mémoire a été effacée : j'ai du mal à me rappeler mes motivations du début.

Et c'est plutôt terrifiant.

— Tu vas me manquer, déclare Tommy dans le noir. Qui va me fusiller du regard, maintenant, quand je ferai une blague pourrie ? Qui osera me dire que je devrais éviter le mascara ? Tu es la seule à pouvoir le faire, Summer Tanberry !

Il rit, mais je sens qu'il est un peu triste.

— Je n'ai pas toujours été très gentille avec toi, pas vrai ? je m'excuse.

— N'importe quoi. Tu as été… adorable. Un peu dure par moments, mais je crois que je le méritais !

Adorable ? J'ai du mal à croire que Tommy puisse penser ça de moi – et pourtant, dans l'obscurité, je pourrais presque me laisser convaincre.

— Peut-être qu'on n'était pas sur la même longueur d'ondes, je reprends. Je te trouvais bruyant, lourd et un peu bête. Tu passais ta vie à te moquer de moi…

— C'est vrai que j'en faisais des tonnes… mais c'était juste pour attirer ton attention !

Même si je ne le vois pas, je devine qu'il est tout rouge. Voilà ce qu'il tentait de me dire, l'autre soir, à la fête : je lui ai toujours plu. Toutes ces farces et ces moqueries, c'était pour que je le remarque. Et c'est seulement aujourd'hui que je m'en rends compte, parce qu'il s'est enfin calmé. Mieux vaut tard que jamais…

Je sais ce que c'est de vouloir à tout prix se démarquer. Je ressentais la même chose vis-à-vis de mon père quand j'étais petite. Et la danse était mon seul moyen de me distinguer de mes trois sœurs.

« Hé ! disait papa en me regardant tournoyer dans le salon en tutu rose. Comment va ma petite ballerine ? »

Pourtant, il s'est vite désintéressé de moi, surtout après le divorce. Quand j'y pense, je ressens encore comme un grand vide douloureux dans ma poitrine.

— Tu me prends pour un crétin, non ? murmure Tommy d'une voix triste.

— Pas du tout, je te vois comme un copain, je réponds en espérant que mes paroles ne soient pas trop cruelles.

Même si je n'ai pas envie de sortir avec lui, je réalise que Tommy est un véritable ami. Il est gentil et fidèle, et toujours là quand j'ai besoin de lui. Je ne peux pas en dire autant de Tina ou Millie ces derniers temps, ni même de *Skye*… Je les ai toutes repoussées pour me plonger dans le travail, et elles n'ont pas réagi. Tommy est le seul à ne pas s'être découragé.

— OK, alors je vais te parler en tant qu'ami, soupire-t-il. Tu m'inquiètes, Summer. Avec ton régime. Ou ton alimentation équilibrée ou je ne sais pas quoi. Dès que l'audition est passée, tu arrêtes, hein ?

— Promis, je le rassure – mais aussitôt, ma certitude disparaît. Enfin, je pense. J'espère. Peut-être. Je n'en sais rien, Tommy… je ne peux pas m'en empêcher.

— Tu devrais en parler à quelqu'un. À ta mère, ta grand-mère, ton père ou un médecin. Ça devient flippant. Tu es en train de perdre le contrôle, et je ne sais pas quoi faire.

Je crois bien qu'on est deux dans ce cas.

27

Ce soir-là, Skye entre dans la chambre au moment où je me déshabille et me surprend en culotte et soutien-gorge. Son sourire se fige sur son visage. Je me dépêche de me couvrir, mais trop tard. Elle est choquée par ce qu'elle vient de voir.

— Summer ! souffle-t-elle. Qu'est-ce qui se passe ? Tu as l'air d'un squelette !

— Ne dis pas n'importe quoi, je réponds calmement. Je n'ai pas changé. Je suis juste un peu plus… musclée. À cause de toutes ces heures de danse.

— J'ai vu tes côtes ! Et on dirait que tes omoplates vont te percer la peau ! Je veux bien que tu surveilles ce que tu manges, mais… là, c'est trop, Summer ! Je ne me doutais pas que c'était à ce point-là !

« Évidemment, puisque tu ne te soucies que de Finn, je pense méchamment. Tu es trop occupée à être amoureuse pour remarquer à quel point je suis perdue et effrayée. »

— Je vais bien, je mens. Et je mange. C'est juste qu'on ne s'assied plus à table tous ensemble. On est tous pris chacun de notre côté. Mais j'ai préparé le repas ! J'ai mangé au moins quatre cupcakes pendant que je cuisinais, je te jure… Ce n'est pas ma faute si je brûle beaucoup de calories à cause des entraînements.

Skye n'en croit pas un mot. Elle m'arrache mon tee-shirt des mains. Je lève les yeux vers le miroir, et l'espace d'une seconde, je vois la même chose qu'elle : des côtes saillantes, des épaules maigres et des clavicules bien trop dessinées. Je suis très pâle et j'ai l'air épuisée.

— Arrête, Summer, me supplie ma sœur. S'il te plaît, il faut que tu arrêtes.

Ne l'écoute pas, ordonne la voix. *Elle ne comprend pas – personne ne comprend. Tu as encore du chemin à faire. Crois-moi… je suis de ton côté.*

— Lâche-moi, j'aboie. Je vais très bien. Je ne vois pas de quoi tu parles.

Je n'arrive pas à dormir. Les craintes m'oppressent, j'ai le cœur lourd et des souvenirs venus de très loin tourbillonnent dans ma tête.

Je ne pensais pas que ma sœur jumelle se retournerait contre moi et voudrait m'empêcher d'accomplir mon rêve. Et puis je revois son visage choqué et, un court instant, je me demande si je n'ai pas tout faux, si elle ne s'inquiète pas réellement pour moi. Peut-être que je pourrais me confier à elle ?

— Skye ? je chuchote dans le noir.

Elle pousse un soupir et remue dans son sommeil, sans doute perdue dans des songes de robes vintage et de garçon brun.

Je regarde mon téléphone portable. Il y a un message de maman : Paddy et elle sont de retour à Lima et s'apprêtent à rentrer. Elle me dit de donner le meilleur de moi-même samedi et me répète qu'elle sera toujours fière de moi, quoi qu'il arrive. Le doigt au-dessus du bouton « appel », j'hésite un long moment à lui téléphoner. Si seulement je pouvais lui parler…

Mais pour lui dire quoi ? « Salut, maman, c'est la cata. J'ai peur de manger, je ne sais plus danser et mon rêve est en train de s'écrouler, alors tu n'as pas de quoi être fière… je suis trop nulle. »

Mauvaise idée. Mais si je ne peux parler ni à maman ni à Skye, à qui m'adresser ?

Je referme le clapet du portable et sors de mon lit, un peu tremblante. Je descends l'escalier. Dans la cuisine, on n'entend que le tic-tac de l'horloge, le bourdonnement de la cuisinière et les reniflements de Fred qui dort en chassant des lapins imaginaires dans son panier.

Il est deux heures du matin passées, ce qui fait quatorze heures en Australie, là où vit papa. Il se connecte sur Skype pour Noël et les anniversaires, mais je ne l'ai pas réellement appelé depuis l'année où il est parti. Skye et moi, on était descendues à la cabine téléphonique de Kitnor pour le supplier de rentrer à la maison, parce que Coco n'arrêtait pas de pleurer, Honey piquait des crises de nerf et le sourire de maman était si crispé qu'on aurait dit qu'il allait se briser en mille morceaux. Papa nous avait répondu de ne pas nous inquiéter, que tout irait bien, que ce n'était pas parce qu'il avait déménagé qu'il ne nous aimait plus.

Ce jour-là, on a compris qu'on l'avait perdu pour de bon et qu'il ne reviendrait jamais.

Je sors le répertoire de maman du tiroir de la commode et compose le numéro de papa en Australie. Sa voix remplit le silence, étouffée, distante et légèrement agacée.

— Allô ? Charlotte, c'est toi ? Je suis au boulot, bon sang !

— C'est moi, je murmure. C'est Summer. Je voulais te parler !

— Summer… répète-t-il comme s'il avait du mal à me remettre. Tout va bien ?

« Oui, papa, génial. Il est deux heures du matin, je suis terrorisée de voir ma vie m'échapper, mais tout va super bien. »

— Je voulais juste te parler, je chuchote.

— Eh bien… c'est très gentil, Summer, mais je suis un peu occupé, là. Il s'est passé quelque chose ?

J'avale ma salive. J'ai une boule aussi grosse qu'une balle de golf au fond de la gorge, qui m'empêche de parler ou de respirer.

— Non, non… je voulais juste te dire que j'ai une audition samedi. Pour une super école de danse. Et je suis un peu… euh… stressée.

Très loin, à l'autre bout du monde, papa s'adresse à quelqu'un à côté de lui, donne des ordres et réclame qu'on lui remette un rapport d'ici une heure.

— Désolé, s'excuse-t-il. C'est la folie ici. Alors tu vas danser dans un nouveau ballet, c'est ça ? Ne t'inquiète pas, tu vas être formidable, comme d'habitude. Ma petite ballerine.

Une larme salée coule en silence sur ma joue. Il ne m'a même pas écoutée.

— OK, je lance. Bon, papa, il faut que j'y aille. On m'appelle.

— Pas de souci, à bientôt, bonne chance !

— Merci.

Et il raccroche.

Le vendredi passe dans un brouillard. Le matin, il y a les dernières répétitions, et l'après-midi le spectacle de fin de stage. Du coup, je cours dans tous les sens pour m'assurer que mon groupe est prêt. Kelly a oublié ses claquettes, le justaucorps de Rose a craqué le long d'une couture et la perruque d'Emma n'arrête pas de lui tomber sur les yeux. Mais finalement, grâce à une paire de chaussures d'emprunt, à quelques points de couture et à des épingles à cheveux, tout est réglé à temps.

Quand Emma et les autres saluent le public à la fin de la représentation, j'applaudis et les acclame plus fort que leurs parents. Envahie par la fierté et la joie, je ne me suis pas sentie aussi vivante depuis des semaines.

Je rentre à la maison où Mamie Kate a préparé une omelette et une salade pour le dîner. J'engloutis presque un quart de ma part, sous le regard vigilant de Skye, avant de glisser le reste à Fred dès qu'elle se lève pour prendre de la limonade dans le frigo.

— Je voudrais t'accompagner, demain, m'annonce-t-elle plus tard en m'aidant à remplir le lave-vaisselle. Pour te soutenir vu que maman n'est pas là. D'accord ?

Elle me dévisage d'un air de reproche et je suis partagée entre le regret et la terreur. Est-ce qu'elle se fait vraiment du souci pour moi, ou est-ce qu'elle compte me gaver de chocolat et de milk-shake pendant tout le trajet ? Je ne peux pas prendre ce risque. Elle s'inquiète sans doute, mais pas tant que ça, et de toute façon c'est trop tard.

— Non, pas d'accord, je réponds. Miss Élise a prévu de m'emmener. On ne va pas tout changer maintenant.

— Mais je devais y aller avec toi, intervient Mamie Kate, les sourcils froncés. Ta mère me l'a demandé, et j'adorerais voir ta nouvelle école...

— Non, je décrète. J'irai seule. Je suis déjà super stressée, et si vous êtes là, je n'y arriverai pas. Désolée, mais je dois me concentrer.

— Comme tu veux, cède Skye. En tout cas, on est en train d'organiser une grande fête sur la plage demain soir pour fêter ça… tout le monde est invité !

— Tu ne pouvais pas te taire ! la réprimande Honey, agacée. C'était censé être une surprise !

— Et s'il n'y a rien à fêter ? je râle. Je ne connaîtrai sans doute pas le résultat avant un bon moment…

— On fêtera la fin des entraînements qui te prenaient tout ton temps, m'explique Skye. La fin du stress et de l'angoisse !

— Et la fin des repas où tu picorais comme un moineau, ajoute Honey.

Je lui jette un regard noir, mais elle m'ignore.

— Oui, ça aussi, acquiesce Skye d'un air triste.

— Ne t'inquiète pas, Summer, me rassure Mamie Kate qui ne s'est rendu compte de rien. Demain à cette heure-ci, tout sera terminé.

— J'ai hâte… je dis en soupirant.

28

Je suis tellement stressée que mes mains tremblent et que je dois m'y reprendre à trois fois pour réussir à nouer les lacets de mes pointes neuves. Je suis dans le vestiaire du Studio Un à la Rochelle Academy, entourée par une foule de filles en justaucorps et collants blancs qui papotent, rient et vérifient leurs chignons parfaits.

Je regarde mon téléphone. Un message de maman me dit qu'elle m'aime, et que Paddy et elle pensent très fort à moi ; un autre de Skye me conseille de leur en mettre plein la vue ; et un de Tommy m'encourage une dernière fois – il a eu mon numéro par ma jumelle.

Je souris malgré moi.

Toutes les dix minutes, une femme au visage sévère entre, un bloc-notes à la main, pour appeler une fille. Dix minutes… c'est tout ce qu'on a ? Huit semaines d'angoisse terrible et de répétitions interminables, pour qu'on décide de notre avenir en dix petites minutes ? C'est dingue.

— Je suis tellement excitée ! lance une des filles. Maman et moi, on est venues exprès de Birmingham…

— C'est une chance incroyable, renchérit une autre. Mon prof de danse dit que la Rochelle Academy va devenir l'une des écoles les plus prestigieuses du pays…

J'ai du mal à imaginer passer les cinq prochaines années de ma vie avec ces filles – j'ai déjà du mal à les supporter pendant cinq minutes.

— Ça va ? me glisse Jodie à l'oreille.

Je suis si heureuse de la voir que pendant un moment, j'en oublie presque qu'on est fâchées.

— Pas vraiment… je réponds.

— Moi non plus. C'est plus des papillons que j'ai dans le ventre, c'est un troupeau d'éléphants.

— Je ne vais jamais y arriver…

Elle me prend par les mains.

— Summer, bien sûr que si, tu vas y arriver. Oui, je sais, ça fait peur, mais ce n'est qu'une audition. On s'est entraînées, on connaît nos chorégraphies… ça va aller. Tu as le trac, c'est tout. C'est normal !

Qu'est-ce qu'elle y connaît ? siffle la petite voix. *Ne lui fais pas confiance !*

Je prends une grande inspiration.

— Jodie, pourquoi tu es aussi gentille avec moi ? je lui demande.

— Pourquoi je ne le serais pas ? On est amies, non ? Ou en tout cas, on l'a été. Je suis désolée que tu m'en veuilles, mais si j'ai parlé à Miss Élise, c'était pour t'aider...

— Je sais. Pardonne-moi.

— C'est parce que je m'inquiétais, répète-t-elle. Tu es une super danseuse, crois-moi. Alors montre-leur de quoi tu es capable !

La dame sévère apparaît à la porte avec son bloc-notes.

— Summer Tanberry, s'il vous plaît !

Miss Élise et moi la suivons le long d'un couloir en lambris décoré de tableaux. Je ralentis pour les regarder : c'est bien ce que je pensais, je les ai déjà vus dans un livre d'art de maman. Ce sont des danseuses peintes par un artiste nommé Degas. Je me souviens que j'avais été fascinée par la façon dont il parvenait à représenter la magie de la danse en quelques traits de pastel. Mais aujourd'hui, je ne vois plus que les silhouettes des danseuses.

Elles sont fortes et pulpeuses, avec des épaules musclées, des jambes solides, des corps puissants et carrés. Rien à voir avec des brindilles. Je suis tellement perdue que j'ai la tête qui tourne. Est-ce que je me trompe depuis le début, avec ces histoires de minceur ?

Affreuses, commente la voix dans ma tête, tout à coup plus faible et moins sûre d'elle. *Énormes, horribles...*

— Summer ? m'appelle doucement Miss Élise. Est-ce que tout va bien ?

— Oui… oui, bien sûr.

En réalité, ça ne va pas du tout. Je jette un dernier regard aux tableaux et me rends compte que ces danseuses ne sont ni énormes ni affreuses. Elles sont magnifiques. J'ai tout faux avec mes histoires de minceur. La peur m'envahit.

Je me demande ce que je fais là.

La salle est grande, lumineuse et haute de plafond ; ça sent la cire à parquet, la colophane – pour moi, c'est l'odeur de l'espoir. Il y a trois personnes, dont Sylvie Rochelle, assises derrière une table tout au fond. Je m'avance jusqu'au milieu de la pièce, la nuque couverte de sueur. Mon cœur bat si fort que c'est un miracle que personne ne me demande d'où vient ce bruit.

J'ai peur ; peur de ne pas être assez bonne ni assez mince ; peur de ne pas avoir les qualités nécessaires pour devenir danseuse. Et si la voix avait raison, si je faisais perdre du temps à tout le monde, y compris moi ? La peur m'inonde comme une flaque d'essence qui se répand sur des herbes sèches.

Je me mets à danser.

Je danse bien. Je réussis parfaitement mes exercices à la barre et mon programme imposé, puis Miss Élise change le CD et la musique endiablée de Stravinsky s'élève. Je respire et me laisse emporter comme j'y arrivais autrefois, perdue dans un autre monde. Les flammes m'entourent en crépitant, je brûle, je danse de tout mon cœur, de toute mon âme. J'y mets toutes mes craintes, mes espoirs, mes désirs. Et pendant tout ce temps, le feu se déchaîne en moi.

Personne ne pourra dire qu'il me manque une étincelle. Ce morceau est un véritable incendie, magnifique et destructeur. Quand je termine, à bout de souffle, je lève les yeux et découvre les trois examinateurs qui me contemplent avec de grands yeux, comme si je venais de leur montrer quelque chose d'inattendu, d'inimaginable et peut-être d'un peu effrayant.

Gênée, je sens le rouge me monter aux joues tandis que j'attends leurs commentaires en tremblant. C'est Sylvie Rochelle qui prend la parole.

— Summer, commence-t-elle. Merci ! Je vois que tu adores danser. Tant d'énergie, d'émotion…

Je n'en crois pas mes oreilles. De l'énergie, de l'émotion ? Ça ne me ressemble pas. Je me sens vide et épuisée.

— Donc, tu sais danser, enchaîne l'homme assis à gauche de Miss Rochelle en me regardant par-dessus ses petites lunettes rouges. Mais qu'as-tu d'autre à offrir ? Quels sont tes projets, tes rêves ?

J'ouvre la bouche pour expliquer que cette école représente ce dont je rêve depuis toujours, mais les mots restent coincés dans ma gorge, durs et coupants comme du gravier.

Pathétique, déclare la voix, qui a repris de l'assurance. *Tu ne seras jamais à ta place ici. Tu n'es pas assez douée, ni assez motivée, ni assez mince.*

— Summer ? insiste l'homme. Tes espoirs, tes rêves ?

— Je… je ne sais pas, je bégaie.

Il fronce les sourcils.

— Il ne nous reste que trois places de boursière. Peux-tu me dire pourquoi tu estimes en mériter une ?

Je cherche une bonne raison à lui donner. Avant, j'aurais pu en trouver des millions ; mon avenir était tout tracé devant moi, lumineux et plein de promesses. J'ai travaillé si dur, ces dernières semaines, pour le concrétiser. Je suis allée au-delà de mes limites, et maintenant, je ne sais même pas quoi dire pour convaincre le jury de me prendre.

Le silence s'installe, lourd et angoissant. Du coin de l'œil, j'aperçois Miss Élise qui se cache le visage dans les mains, comme si elle n'y croyait plus.

— Est-ce que tu manges correctement ? me demande la femme assise à droite de Sylvie Rochelle. Tu es très mince. Quand on veut faire carrière dans ce milieu, on subit beaucoup de pression. Il faut une sacrée confiance en soi pour y résister. Nous ne pouvons pas accepter de jeunes filles qui s'affament dans l'espoir de plaire – ce que nous recherchons, ce sont des danseuses fortes aussi bien physiquement que mentalement.

— Je mange bien, je me défends. Et je suis forte ! C'est juste que je suis… naturellement…

Moche, je pense. Grosse. Lourde, boudinée. Mais quand je regarde dans le miroir, je me rends compte que ce n'est pas la réalité.

— … mince, je conclus.

Dans tes rêves, se moque la petite voix, mais je ne l'écoute plus.

Miss Élise a l'air accablée. Je vois bien que j'ai tout gâché. L'avenir dont j'ai toujours rêvé est en train de me filer entre les doigts, et je ne peux rien y faire.

— En général, j'essaie de manger équilibré, j'explique d'une voix calme et claire. Mais… comme mes parents ont une chocolaterie, je suis parfois tentée. Personne n'est parfait. De toute façon, quoi que je mange, je ne grossis pas.

Même moi, je suis surprise par la facilité avec laquelle les mensonges sortent de ma bouche. Miss Élise me dévisage, les sourcils levés, bouche bée.

— Il me faut cette place, je poursuis. C'est mon rêve. J'ai travaillé très dur, mais j'aime tellement ça que ce n'était pas vraiment du travail. Je vous jure que je suis forte, beaucoup plus que vous ne le croyez. Donnez-moi une chance. Je veux danser, me perdre dans la musique, la ressentir dans mon cœur et mon âme. Je veux devenir danseuse plus que tout au monde.

Et je leur adresse mon sourire le plus éclatant.

Les adultes discutent à voix basse, puis Sylvie Rochelle se tourne vers moi.

— Merci, dit-elle. Ce sera tout pour le moment. Les résultats seront envoyés par courrier la semaine prochaine, mais… – son visage s'adoucit et elle me sourit – je crois déjà pouvoir te dire que dans ton cas, ce sera une bonne nouvelle. Tu es vraiment douée, Summer.

Le sol tangue sous mes pieds, au point que j'ai peur de tomber. Mais je tiens bon, les épaules en arrière, le menton levé.

— Merci, je souffle, toute tremblante. Merci ! Vous n'imaginez pas ce que ça signifie pour moi !

Sylvie Rochelle répond gentiment :

— Je crois que si.

29

Dans ma famille, on a toujours su célébrer les grands événements. Quand Miss Élise me dépose chez moi en fin d'après-midi, je découvre le jardin décoré des guirlandes du mariage. Perchée dans un arbre, ma petite sœur Coco est en train de jouer la musique du *Lac des cygnes* au violon. C'est horriblement faux, mais je ne peux pas m'empêcher de sourire.

— Ta maman va être fière de toi, me félicite Mamie Kate. Nous sommes tous très fiers de toi, Summer !

— Rien n'est sûr, pour l'instant, je précise. Je n'y croirai pas tant que je ne l'aurai pas vu écrit noir sur blanc…

— Pour moi, il n'y a pas de doute, déclare Skye avant de me serrer si fort dans ses bras que j'en oublie Finn.

Quoi qu'il arrive, j'aimerai toujours ma jumelle.

Je sais que j'ai eu de la chance, beaucoup plus que je ne le méritais. Personne n'a dit à Jodie et Sushila qu'elles pouvaient s'attendre à recevoir une bonne nouvelle, alors j'ai gardé pour moi le commentaire de Sylvie Rochelle. Je n'ai pas voulu me vanter de peur que ça ne me porte malheur, et en plus, je suis vraiment désolée pour elles. Elles aussi rêvaient de décrocher une place.

— L'une des deux sera peut-être prise, a espéré Miss Élise dans la voiture, une fois les filles reparties avec leurs parents. Tout n'est pas perdu. Jodie a vraiment bien dansé.

Je repense à la gentillesse de mon amie tout à l'heure, dans le vestiaire, et je me demande comment j'ai pu croire qu'elle était jalouse de moi. J'ai encore eu tout faux. Même si concrètement c'est à moi que Sylvie Rochelle a fait des compliments. Cette fois-ci, je n'ai pas échoué.

L'avenir qui s'ouvre devant moi est celui dont j'ai toujours rêvé. Je devrais sauter de joie, mais, bizarrement, je me sens un peu anesthésiée. Il va me falloir du temps pour m'habituer à l'idée.

Cette audition va changer ma vie. À partir de maintenant, je vais respirer pour la danse, du matin au soir. J'ai l'impression d'avoir travaillé dur pour en arriver là, alors que ce n'était que le début. Soudain, cette certitude m'étouffe. Contrairement à ce que pensent Skye et Tommy, je n'ai pas fini de passer tout mon temps à répéter ; ça ne va faire qu'empirer.

Et ce sera pareil pour le régime. Depuis qu'un des membres du jury m'a décrite comme « très mince », cette phrase est gravée dans ma mémoire. Une bouffée de fierté m'envahit chaque fois que j'y pense, même si je ne suis pas certaine que ce soit vrai. En tout cas, si je suis mince, je vais devoir tout faire pour le rester… et surveiller encore plus mon alimentation.

Les autres ont préparé un pique-nique dans le jardin, et je mange sans trop de problème un œuf dur et quelques feuilles de salade. Mais Mamie Kate apporte ensuite un énorme gâteau couvert de glaçage au chocolat blanc et décoré des « Cœurs Mandarine » que Paddy a inventés pour mes treize ans. À cette vue, mon estomac se met à gronder et mon cœur s'emballe.

Ce gâteau magnifique me terrifie. Pour rien au monde je n'accepterais d'y toucher.

— C'est trop gentil, mais je ne vais pas pouvoir… je m'excuse.

— Tu n'as mangé qu'un œuf et deux feuilles de salade, me rappelle Honey d'une voix dure. Donc si, tu vas pouvoir.

— Mamie Kate l'a fait exprès pour toi ! ajoute Coco.

Honey est fâchée, mais c'est de la peur que je lis dans les yeux de Skye.

— Summer, dit-elle d'une voix douce. Allez, juste une part…

Les mains tremblantes, je me coupe une tranche minuscule. Je n'ai pas du tout envie d'y goûter, mais je ne peux quand même pas jeter mon assiette par terre et partir en courant… Alors je prends une bouchée et le glaçage riche et sucré fond sur ma langue. C'est bon, délicieux même. J'en prends une deuxième.

Comment quelque chose d'aussi succulent peut-il être aussi mauvais pour la santé ? Ce gâteau a été préparé avec amour par ma grand-mère, et ces chocolats créés spécialement pour moi par Paddy avec un fondant à la mandarine, mon parfum préféré. Est-ce vraiment si terrible ?

C'est comme une drogue, siffle la voix. *Tu veux que tous tes efforts soient gâchés ? Tu n'as aucune volonté, ou quoi ?*

Je repose mon assiette.

— Hé, me chuchote Skye. Ne t'en fais pas. C'est bien.

Ce soir-là, il y a aussi une fête sur la plage, la meilleure de toutes. Mamie Kate a prolongé notre couvre-feu jusqu'à minuit et mes sœurs ont invité tout le monde, y compris Anthony. Finn porte encore son costume de Gitan après sa journée de tournage ; Skye et lui forment vraiment un beau couple. Coco et ses amies s'occupent de Joyeux Noël, qu'on a descendue exceptionnellement sur la plage. Il y a aussi toute une bande de jeunes de l'équipe de télé, dont Chris, Marty et plusieurs filles qui sont accessoiristes ou maquilleuses, je crois.

Honey s'approche de moi et me prend par la taille comme si j'étais sa meilleure amie. Elle a toujours été lunatique : radieuse à un moment, folle de rage deux minutes après. Mais ces derniers temps, ses sautes d'humeur m'épuisent et m'exaspèrent.

— C'est notre dernière occasion de nous amuser, m'explique-t-elle. Et de vivre un peu. Demain soir, maman et Paddy seront rentrés, et là, adieu la liberté…

Je lève les yeux au ciel. Maman et Paddy nous laissent beaucoup de liberté, mais pour Honey ce n'est jamais suffisant. Parfois, je me demande si elle ne se rebelle pas juste par principe.

— En tout cas, ce soir, c'est la fête ! À ma petite sœur, la célèbre danseuse ! déclare-t-elle en me tendant un gobelet plein d'un liquide doré et pétillant. Bois ça, ordonne-t-elle. C'est du cidre, ce n'est pas fort !

— Je ne peux pas ! J'ai treize ans, je te rappelle ! À quoi tu joues ?

Elle plisse les yeux.

— J'essaie de te décoincer un peu. C'est un crime ? Tu es tellement tendue en ce moment qu'on dirait que tu vas craquer d'une minute à l'autre. Je t'ai observée, Summer. Tu t'entraînes toute la journée, ce n'est plus de la passion, c'est de l'obsession. Et tu as peur de manger, ce qui est complètement dingue, vu que tu n'as plus que la peau sur les os… (Elle se radoucit et prend un air triste.) Tu es complètement perdue, et crois-moi, je sais ce que c'est. Toutes les deux, on est pareilles.

Ma gorge se serre de colère. Ma sœur est peut-être belle et talentueuse, mais sa vie est un vrai désastre. Elle est tout le temps au bord du gouffre, et je pense que ça lui plaît.

— Que les choses soient claires, je siffle, les dents serrées. Je ne suis pas comme toi, pas du tout. Je ne suis pas perdue. Je contrôle tout. Je suis mince, disciplinée et brillante – tout va bien. C'est quoi le problème, Honey, tu es jalouse ?

Son visage se décompose. Elle m'arrache le cidre des mains, l'avale d'une traite, balance le gobelet dans le feu et me plante là.

30

Est-ce que je lui ai vraiment dit ça ? Mon cœur bat si fort que j'ai du mal à réfléchir. Insultante, cruelle et mauvaise... peut-être que, finalement, je ressemble un peu plus à Honey que je ne veux bien me l'avouer.

Tina, Millie et Skye m'entraînent au milieu de la foule et me bombardent de questions sur l'audition, en répétant que je vais horriblement leur manquer.

— Je ne veux pas y penser, je râle. Pas encore.

— Il va bien falloir, réplique Tina. Il ne reste que deux semaines avant la rentrée.

— Chut ! j'ordonne. Venez, on va danser !

Quelqu'un a branché un iPod sur des haut-parleurs et je danse pendant des heures, bien après que Millie, Tina et Skye ont abandonné, trop épuisées. Je me débarrasse de mes chaussures pour sentir le sable tiède entre mes orteils, et je tourbillonne dans le noir pour essayer d'oublier ma peur de l'avenir.

Quand le lecteur n'a plus de batterie, Shay prend sa guitare, Chris et Marty vont chercher un djembé et un harmonica dans leur caravane, et on a droit à un concert improvisé. Il y a des Chamallows grillés, du cocktail sans alcool et le cidre apporté en cachette par Honey. Des petits groupes se forment. Chris et Marty sortent avec deux filles de l'équipe de tournage, Skye et Finn s'embrassent au bord de l'eau, Honey et Junior se tiennent par la main devant le feu, et même Tina et Millie draguent tout ce qui bouge.

Les amies de Coco sont rentrées depuis longtemps et elle bâille dans un coin, les bras autour du cou de son agnelle.

— Tu devrais monter te coucher, je lui dis. Et ramener Joyeux Noël dans son étable.

— Hum, répond-elle. J'y vais dans une minute…

Je repère Tommy et Anthony assis sur une bûche à l'écart du feu. Fatiguée de danser, je les rejoins.

— Salut, lance Tommy. Anthony et moi, on était en train de refaire le monde. Ça te tente ?

— Pourquoi pas ? Vous parliez de quoi ?

— De ta sœur, répond Anthony, l'air sombre. Je crois que je perds mon temps avec elle.

— Honey ? Je pensais que vous étiez amis.

— Oui, oui. Et on ne sera jamais rien de plus.

— Ne baisse pas les bras, mon pote, le console Tommy. Il y a toujours de l'espoir.

Nous nous tournons vers Honey. Elle est appuyée contre Junior, en pleine discussion avec Marty et sa copine, jouant avec une mèche de cheveux blonds.

Quand elle passe à l'attaque, ça ne rigole pas. Marty n'a d'yeux que pour elle.

— Peut-être pas, conclut Anthony. Bon, il est tard… je rentre. Félicitations pour ton audition, Summer. Bonne nuit.

Il s'éloigne d'un pas lent et Tommy pousse un grand soupir.

— Je ne suis pas sûr que tout ça finisse très bien, dit-il. Mais je suis content pour toi, Summer. Je sais à quel point tu voulais avoir cette bourse.

— Il n'y a encore rien d'officiel.

— C'est tout comme… Mais tu vas me manquer, tu sais.

— Parce que tu n'auras plus personne à embêter ? Et personne pour t'apprendre à te maquiller ?

— Je ne plaisante pas. Plus de marathons de trampoline, plus de confidences, plus de guirlandes de pâquerettes…

— Tu es nul en guirlandes, de toute façon. Et puis je reviendrai pour les vacances. Je ne pars pas non plus au bout du monde !

Contrairement à mon père…

— Bien sûr. Enfin… c'était chouette, ces dernières semaines. Je sais que ça n'a pas été facile pour toi, entre ta mère qui était loin, ce qui s'est passé avec Zack, toutes ces heures d'entraînement et… tout ça. Mais j'ai l'impression qu'on a enfin appris à se connaître un peu. Tu avais toujours été distante, comme une espèce de reine des glaces…

— Moi ? Sérieux ?

— Ouais. Tu es cool, intelligente, super douée, celle qui a le plus de chances de réussir… ça peut être un peu intimidant pour le commun des mortels.

— Je ne suis pas si parfaite.

— Pour moi, si…

Tommy me prend la main dans le noir et il y a comme une petite décharge électrique entre nous. Ça ne veut rien dire, évidemment. Il ne peut pas y avoir d'étincelle ni de magie avec lui. Si ? Soudain, il se penche et pose ses lèvres sur les miennes. Elles sont aussi douces que du velours et aussi chaudes que ce soir d'été. Tommy sent la mer et le feu de bois. Tout à coup, l'étincelle se produit et mon cœur se met à battre très fort. Comment est-ce possible ? Avec Zack, chaque baiser était une lutte. Plus je le repoussais, plus il me serrait contre lui.

Avec Tommy, c'est le jour et la nuit. Je n'ai pas envie de le repousser, bien au contraire, car je me sens en sécurité, calme et heureuse dans ses bras. Il passe la main dans mes cheveux, me caresse la joue, et je frissonne.

Qu'est-ce que tu fais ? rugit la voix. *Tu es folle ! Il ne veut pas de toi. Personne ne veut de toi.*

Je m'écarte, toute gênée.

— Summer ? demande Tommy. Qu'est-ce qui ne va pas ?

— Rien, je bégaie en rougissant. C'est juste que... je ne suis pas sûre...

Je me lève, prête à m'enfuir. Honey avait raison – je suis perdue, j'ai un vrai problème. J'essaie de me persuader que je garde le contrôle alors que ma vie m'échappe. Je vois Junior boire du cidre, tout seul près du feu, la copine de Marty discuter avec ses amies ; Shay et Cherry, Skye et Finn, Sid et Carl avec Tina et Millie. Honey et Coco ont disparu. Joyeux Noël trotte jusqu'à moi et me donne un petit coup de tête dans les jambes en bêlant.

— Où est Coco ?

— Au lit, je crois, répond Tommy. On dirait qu'elle a oublié son agnelle. Summer, où tu vas ?

Je passe mon foulard rose autour du cou de l'animal et le tire vers les marches de la falaise.

— Je la ramène à l'étable, je lance par-dessus mon épaule. Elle doit avoir peur ici. Coco devait vraiment avoir envie de dormir, sinon elle ne l'aurait jamais laissée...

Mais Tommy et moi savons tous les deux que ce n'est pas pour ça que je pars.

Je grimpe les marches et traverse le jardin éclairé par la lune, Joyeux Noël sur les talons. Une chouette hulule au-dessus de ma tête et j'entends Fred aboyer dans la maison. Toutes les lumières sont éteintes ; Mamie Kate doit être couchée elle aussi. Elle nous fait confiance. Elle ignore que Honey est en train de boire du cidre et de flirter avec deux ou trois garçons en même temps.

J'ouvre la porte de l'étable silencieuse et pénètre dans la pièce sombre. Tout à coup, Joyeux Noël m'échappe et ressort en bêlant. Il y a un bruissement, un raclement de gorge et un petit cri, puis je distingue deux points de lumière rougeoyante et quelqu'un jure dans le noir.

C'est là que je me mets à crier.

31

— La ferme, Summer ! Tu vas réveiller tout le monde !

Honey me tient par les épaules devant l'étable et me parle d'une voix rauque, l'haleine chargée d'alcool et de tabac.

— Qu'est-ce que tu faisais ? je piaille. Tu m'as fichu une de ces trouilles !

— Je ne faisais rien. Je voulais juste rester seule deux minutes ! Ça te dérange ?

— Bien sûr que non ! Mais je ne m'attendais pas…

Je ne finis pas ma phrase, luttant pour mettre de l'ordre dans mes pensées. Honey se cache dans une étable plongée dans le noir, en plein milieu de la fête, parce qu'elle veut être un peu seule ? Ça ne colle pas. C'est alors que je distingue une ombre derrière elle, à la porte, et que tout s'éclaire enfin.

— Salut, Marty, je dis. Je crois que ta copine te cherche. D'ailleurs, Honey, Junior te cherche lui aussi. Et quelle coïncidence, vous êtes ici tous les deux…

Marty lève les mains comme pour se rendre, et j'aperçois une cigarette entre ses doigts.

— Jen n'est pas ma copine, m'explique-t-il. Enfin, pas tout à fait. Et Honey et moi, on… on discutait. Rien de bien méchant. Enfin, bon. Voilà.

Il referme la porte derrière lui et s'apprête à partir. Dans le clair de lune, je vois qu'il a une trace de rouge à lèvres sur la joue. Ils discutaient ? Mais bien sûr.

— Marty, attends, appelle ma sœur. Tu n'as pas besoin…

— Ce n'était pas une très bonne idée, de toute façon, lance-t-il par-dessus son épaule. Tu es trop jeune, c'est trop compliqué. À plus…

Les yeux de Honey se remplissent de larmes.

— Regarde ce que tu as fait ! m'accuse-t-elle. C'est le premier garçon qui me plaît vraiment depuis des mois, et toi tu as tout gâché !

— Il est étudiant, il doit avoir au moins dix-neuf ans je souligne. En plus… si tu trouves Marty si génial, pourquoi as-tu passé la soirée scotchée à Junior ? C'est n'importe quoi, Honey. Tu ne peux pas te comporter comme ça !

— Ah ouais ? demande-t-elle en me poussant contre la porte de l'étable. Je me comporte comme je veux. Je n'appartiens pas à Junior ! Qu'est-ce que tu as, Summer, tu es jalouse parce que je m'amuse ?

— Non, je…

Je sens à nouveau l'odeur du tabac dans son haleine et je repense aux deux petits points rouges que j'ai vus dans le noir.

— Tu as fumé ! je souffle.

Elle éclate de rire.

— Oui, et alors ? Juste une ou deux taffes. C'est quand même pas un crime.

En fait, si, dans notre famille c'est grave. Le père de maman – le premier mari de Mamie Kate – est mort d'un cancer du poumon avant notre naissance, et maman nous a toujours mises en garde contre la cigarette.

— Mais enfin, Honey ! je gémis. Fumer est très très dangereux ! Rappelle-toi ce qui est arrivé à Papy. Tu veux tomber malade ou quoi ?

Ma grande sœur ricane.

— Non mais écoute-toi ! Mademoiselle Parfaite, qui me parle des dangers du tabac. Et les dangers de se laisser mourir de faim, alors ? Hein, les dangers de l'anorexie ?

L'anorexie ? Ce mot s'infiltre sous ma peau comme du poison. Ce n'est pas ce qui m'arrive, bien sûr que non, c'est impossible.

— Tais-toi ! je hurle. Je ne suis pas… comme ça. Tu es folle !

— Tu n'arrives même pas à le dire. Mais c'est la vérité, que ça te plaise ou non. Tu es anorexique. Tu as un trouble alimentaire, Summer. Tu es maigre à faire peur. Tu es affreuse, tout le temps fatiguée, et tu t'entraînes beaucoup trop…

— Arrête ! je crie en me bouchant les oreilles.

— Non. Tu te prives et pendant ce temps-là, tu nous prépares des repas de folie pleins de calories. De la pizza, des cupcakes, des pâtes au fromage… c'est trop bizarre, Summer ! Ça me fiche la trouille ! Tu n'en manges pas une miette. Je t'ai regardée tout à l'heure, quand tu essayais d'avaler deux pauvres bouchées du gâteau de Mamie Kate. On aurait dit que c'était de la mort-aux-rats !

Je ferme les yeux. Je voudrais que Honey s'en aille, qu'elle se taise, qu'elle me laisse tranquille. Mais elle continue :

— Je sais ce que tu fais. Je t'ai vue donner ton dîner à Fred et disperser la nourriture dans ton assiette pour donner l'impression que tu manges. J'en suis malade. Skye l'a remarqué elle aussi, et Mamie Kate ne va pas tarder à s'en apercevoir…

— J'étais stressée, mais c'est fini maintenant, je réplique. Dès que maman sera rentrée, ça ira !

— Elle va avoir un sacré choc. Alors oui, j'ai tiré sur une cigarette. Tu parles. Mais toi, tu joues avec ta santé ! C'est toi qui te mets en danger !

Je prends une grande inspiration. J'ai la tête qui tourne et je ne me sens pas bien. Tout à coup, Honey ouvre de grands yeux et je commence à comprendre d'où viennent réellement la panique qui me serre le ventre, le bourdonnement dans mes oreilles et cette horrible odeur de fumée.

— Oh mon dieu ! Cours ! hurle Honey. Il y a le feu à l'étable !

Elle m'écarte de la porte, mais j'ai eu le temps d'apercevoir la lueur des flammes et de sentir la chaleur sur mon visage.

— Va chercher de l'aide ! je m'exclame, car nous savons toutes les deux que juste à côté de l'étable, il y a la chocolaterie. Réveille Mamie Kate, appelle les autres, téléphone aux pompiers…

Ma sœur part en courant vers la maison.

Je pourrais me précipiter vers la falaise, mais il n'y a pas de temps à perdre. L'étable est pleine de foin bien sec. Il va brûler à toute vitesse. Le temps que les pompiers arrivent, tout le bâtiment sera réduit en cendres, y compris l'atelier, le stock de chocolats et les machines qui ont coûté si cher à maman et Paddy.

Je pense au tuyau d'arrosage que maman utilise pour le potager ; il reste toujours vissé au robinet du jardin. Je cours jusqu'à la maison, j'ouvre l'eau, je traîne le tuyau vers l'étable. Je n'arriverai sans doute pas à éteindre le feu, mais si je peux le ralentir en humidifiant le sol, peut-être que je pourrai sauver la chocolaterie.

Quand j'ouvre la porte de l'étable, un mur de flammes brûlantes me saute au visage. Je n'ai jamais eu aussi peur de toute ma vie. Si je reste à l'extérieur, ça devrait aller. Je lève le tuyau et l'eau retombe en sifflant sur les flammes orange. J'entends quelqu'un crier dans la maison, puis un bruit de pas sur le gravier.

La chaleur diminue au fur et à mesure que le feu recule. Je m'avance dans l'embrasure de la porte en plissant les yeux à cause de la fumée. J'ai les doigts glacés, les poumons oppressés. Pendant une seconde, je suis prise de vertige. Je reprends mon souffle, je m'accroche. Ce n'est pas le moment de tomber dans les pommes !

— Summer ! appellent des voix dans le noir. Summer, où es-tu ?

Alors le sol se met à tanguer, je tends la main pour me rattraper à quelque chose, mais la porte est trop loin et je m'effondre sur le sol couvert de paille noircie pendant que les flammes se referment autour de moi.

32

— **I**ntoxication par la fumée, explique l'infirmière. C'est sans doute ce qui a provoqué la perte de connaissance, bien que nous n'en soyons pas certains. Est-ce qu'elle a eu des vertiges ou des malaises récemment ?

— Pas que je sache, répond Mamie Kate.

Évidemment, moi je sais que si.

Je suis allongée sur un lit aux urgences, épuisée à cause de tous les tests, les prises de sang et les questions que je viens de subir. Je lève la main pour retirer le masque à oxygène, mais quelqu'un m'en empêche.

— C'est pour t'aider à respirer, dit l'infirmière. Comment te sens-tu ? Pas trop faible ?

J'essaie de parler, ce qui est assez difficile avec le masque.

— Mmmmm…

— Bon, on peut sans doute l'enlever maintenant, décide l'infirmière avant de se tourner vers Mamie Kate. Nous allons la garder en observation. Rentrez chez vous vous reposer… Elle devrait pouvoir sortir demain matin.

— Dors bien, me dit Mamie Kate. Tu nous as fait une sacrée peur, Summer. Mon téléphone n'a pas arrêté de sonner de la nuit. Les filles voulaient me prévenir que le feu était éteint et l'atelier intact. Tu rentreras à la maison demain, en même temps que Charlotte et Paddy… tout va bien.

Pas grâce à moi. Honey n'aurait jamais laissé tomber sa cigarette si je ne l'avais pas dérangée.

Un brancardier vient me chercher. Il pousse mon lit roulant loin des néons des urgences, jusqu'à un compartiment entouré de rideaux, au bout d'un couloir aseptisé. Une nouvelle infirmière passe me voir.

— Repose-toi, me conseille-t-elle. Ça ira mieux demain.

J'aimerais pouvoir la croire.

Dès que je ferme les yeux, la petite voix recommence à chuchoter dans ma tête.

Tu as vraiment fait n'importe quoi cette fois. Idiote. Imbécile.

Au moins, maintenant, je peux lui donner un nom. Un nom terrible qui résonne en moi à chaque battement de cœur.

Anorexie, anorexie, anorexie.

Le petit déjeuner de l'hôpital est dégoûtant : un bol de porridge gluant et deux tranches de pain de mie avec du beurre et de la confiture. Je n'arrive même pas à le regarder.

— Pas faim ? s'étonne l'infirmière. Il faut que tu manges, Summer. Tu es aussi légère qu'une plume !

Un docteur arrive pour vérifier mon souffle, mon rythme cardiaque, ma tension… tout se passe bien jusqu'à ce qu'il s'intéresse à mon poids.

— Tu es en dessous de la moyenne, commente-t-il. Très nettement. Est-ce que tu as déjeuné ?

— Je n'aimais pas ce qu'on m'a donné.

— Tu sautes souvent des repas ?

— Non, bien sûr que non !

— Je vois que tu es ici parce que tu t'es évanouie en voulant éteindre un incendie, continue-t-il en lisant mon dossier. Ça t'arrive souvent d'avoir des vertiges ?

— Non. Pas souvent, juste de temps en temps.

— Qu'est-ce que tu as mangé hier ?

J'essaie de me rappeler.

— Une pomme le matin. Et puis un œuf dur et de la salade. Et deux bouchées de gâteau…

Le docteur prend des notes puis s'en va, et une infirmière vient m'annoncer que Mamie Kate va avoir un peu de retard. Elle ne viendra que cet après-midi, avec maman et Paddy.

— Je pourrai rentrer avec eux ? je demande.

— On verra, répond-elle en évitant mon regard.

Je baisse la tête.

Peu après, le rideau bouge et je vois apparaître un garçon aux cheveux ébouriffés et aux yeux bruns, qui s'est dessiné d'énormes faux cils autour des yeux avec de l'eye-liner, comme un personnage de dessin animé. Il a l'air un peu dingue, mais bon, ce n'est pas nouveau.

— Tommy ! Qu'est-ce que tu fais là ? Et c'est quoi, ces cils ?

— C'était pour te faire rire. Mais chut. Je suis ici incognito, OK ? Les visites ne sont pas autorisées avant quatorze heures, je suis entré en douce.

La dernière fois que je l'ai vu, c'est quand on s'est embrassés sur la plage. Je me redresse sur mon lit en rougissant, gênée qu'il me voie en chemise d'hôpital et toute décoiffée. Je prends ma barrette sur la table de nuit et la mets dans mes cheveux.

— Magnifique, déclare-t-il. Et la fleur n'est pas mal non plus. J'ai vraiment été inspiré, sur ce coup-là.

J'écarquille les yeux, stupéfaite, et Tommy devient écarlate.

— Oups, reprend-il. J'aurais mieux fait de me taire… en tout cas c'est très joli… ce cadeau. Qu'il vienne de Zack ou… de je ne sais pas qui.

— C'était toi, pas vrai ? C'était toi depuis le début. Et tu n'as rien dit. Tu m'as laissée croire que ça venait de Zack. Je pensais que c'était ce qu'il avait fait de plus romantique, mais finalement, ce n'était même pas lui. Oh, Tommy…

— Je suis démasqué. Qu'est-ce que tu veux que je te réponde ? Mais je t'ai apporté autre chose.

Il dépose sur le couvre-lit bleu un petit bouquet de pâquerettes aux tiges enveloppées dans du papier humide.

— Au cas où tu voudrais faire des guirlandes, m'explique-t-il.

— Merci. C'est gentil d'être venu. Je devrais sortir bientôt, mais… merci.

— De rien. Je suis monté à Tanglewood tout à l'heure pour voir comment tu allais, et c'était la folie, avec la police et les journalistes et tout ça. Ta grand-mère était trop occupée pour passer ce matin, alors j'ai pensé que je pourrais te rendre une petite visite. Pour que tu ne t'inquiètes pas.

— La police ? Les journalistes ? Là oui, je m'inquiète, Tommy. Qu'est-ce qui s'est passé ?

Il se mord les lèvres.

— Ils ne t'en ont pas parlé ? s'étonne-t-il. Non, bien sûr, c'est normal, vu que tu es à l'hôpital. Ils n'ont pas voulu en rajouter.

— Me parler de quoi ?

— Je suis vraiment une catastrophe ambulante… soupire Tommy. J'essaie d'aider, mais je ne peux pas m'empêcher de l'ouvrir et de mettre les pieds dans le plat.

— Tommy, dis-moi !

Il pâlit.

— C'est Honey. Elle a disparu hier soir quand l'ambulance et les pompiers sont arrivés. Elle a pris son passeport et de l'argent. Ta grand-mère est malade d'angoisse…

Je n'en crois pas mes oreilles. Maman et Paddy doivent rentrer d'une minute à l'autre. Que vont-ils penser en découvrant que l'étable a brûlé, qu'une de leurs filles a fugué et que l'autre est à l'hôpital ?

— Pourquoi a-t-elle fait ça, à ton avis ? me demande Tommy. Pourquoi est-elle partie ?

— Quand j'ai voulu faire rentrer Joyeux Noël, j'ai trouvé Honey et Marty dans l'étable. Ils étaient en train de fumer et… de s'embrasser. Marty nous a plantés là et Honey a jeté sa cigarette dans la paille. Comme on se disputait, on n'a pas remarqué tout de suite que ça prenait feu. Après, elle est allée chercher de l'aide pendant que j'essayais d'arroser les flammes, mais tout s'est mis à tourner autour de moi et je me suis évanouie.

— Elle doit s'en vouloir à mort.

— Elle ne sait sans doute pas que la chocolaterie a été sauvée, ni que je vais bien, ni rien du tout. Elle doit être super mal…

Tommy s'assied dans le fauteuil placé à côté du lit.

— Elle n'ira pas bien loin, me rassure-t-il. Elle ne peut pas, si ? Où est-ce qu'elle partirait ?

— Aucune idée.

Et puis je repense au passeport et mon cœur fait un bond dans ma poitrine. Est-ce qu'on peut acheter un billet d'avion quand on a quinze ans ? Honey est en fuite, je ne sais où, et tout ça par ma faute. Je prends deux pâquerettes et les accroche par la tige, en souhaitant que ma grande sœur fasse attention à elle et rentre à la maison. Quand je termine ma guirlande, j'ai les yeux pleins de larmes.

— Pour ce qui est de te réconforter, c'est raté, commente Tommy d'une voix sombre. Je suis vraiment nul, hein ?

— Pas du tout. Au contraire.

— Tu sais que tu peux compter sur moi, pas vrai ? ajoute-t-il avec un sourire. N'importe quand. Tu n'as qu'à demander ou m'envoyer un message, et je viendrai. OK ?

Le rideau se soulève pour laisser passer une infirmière chargée d'un plateau. Elle essaie de chasser Tommy, mais il répond que je suis sa cousine, puis sa sœur, puis sa copine. Elle finit par avoir pitié de lui et l'autorise à rester. Il me regarde manger une feuille de salade et repousser mon assiette.

— Tu n'as pas faim ?

— Je suis juste un peu fatiguée. J'ai l'impression que je n'ai pas dormi depuis un mois.

— Il faut que tu manges, insiste-t-il en me piquant quelques pâtes. Tu le sais, n'est-ce pas ?

— Je n'y arrive pas, je murmure.

— Dans ce cas, parles-en à quelqu'un. À quelqu'un d'ici, qui pourra t'aider. J'ai attendu longtemps que tu me remarques, Summer Tanberry, alors pas question que je te perde maintenant.

33

Tommy s'en va, mais avant que j'aie le temps de prendre mon téléphone pour savoir si on a des nouvelles de Honey, un autre médecin, une femme brune, jeune et jolie au rouge à lèvres éclatant, vient me parler.

— Je suis le docteur Khan, se présente-t-elle. Je m'occupe des adolescents qui souffrent de troubles du comportement alimentaire. Tout le monde s'inquiète pour toi, tu sais. (Je me mords les lèvres.) Summer, est-ce que tu fais un régime ?

— Pas vraiment...

— Tu surveilles ton alimentation ? (Je hausse les épaules.) Je lis ici que tes parents reviennent tout juste de l'étranger, continue-t-elle. Ils doivent passer tout à l'heure...

— Je croyais que j'allais rentrer chez moi ce matin ?

Les larmes me montent aux yeux et roulent sur mes joues sans que je puisse les arrêter.

— Tu pourras rentrer bientôt. Mais nous avons constaté certaines choses, et j'aimerais d'abord parler à ta grand-mère et à tes parents. Il me semble que tu as perdu beaucoup de poids récemment. Je crois que tu manges très peu, et c'est certainement pour cette raison que tu t'es évanouie hier soir. Ton corps est en carence, Summer. Je sais que tu as peur et que tu fais de ton mieux, mais parfois, même les plus forts et les plus malins d'entre nous ont besoin d'aide. Je suis là pour ça.

Ne lui dis pas ! rugit la voix. *Tais-toi !*

Mais aussitôt, j'entends l'écho des paroles de Tommy me conseillant le contraire : « Parles-en à quelqu'un qui pourra t'aider. »

— Vous ne comprenez pas, je murmure. Je ne peux pas m'en empêcher. Je vois bien que ça fait peur aux gens, mais je n'y peux rien – tout ce que je veux, c'est garder le contrôle sur quelque chose, parce que j'ai l'impression que tout m'échappe ! C'est vraiment si grave ?

En le disant, je commence à m'apercevoir que ce n'est pas en me nourrissant de pommes et de salade que je vais devenir une meilleure danseuse, ni une meilleure fille. Ça ne changera rien au stress que je ressens lorsque j'essaie de décrocher une place à la Rochelle Academy ou un premier rôle, ça ne me fera pas remonter le temps jusqu'à mes sept ans, et ça n'obligera pas mon père à m'aimer autant que je le voudrais.

— Si, je comprends parfaitement, répond le docteur Khan d'une voix douce. Je comprends parce que j'ai vécu ça, moi aussi, et que je m'en suis sortie. Tu es intelligente, perfectionniste et travailleuse, tout comme je l'étais. Tu aimes tout contrôler, mais crois-moi, ce n'est pas le meilleur moyen de réaliser tes rêves. Ça ne peut que les détruire, et tous tes efforts n'auront servi à rien.

— Je ne sais pas quoi faire…

— Moi, je sais. Je peux t'aider. Je te le promets.

C'est déjà le soir quand maman et Paddy arrivent enfin, le visage tiré par la fatigue du voyage et l'inquiétude. Maman me prend dans ses bras et me serre très fort.

— Je suis désolée, souffle-t-elle dans mes cheveux. Désolée de ne pas avoir été là quand tu avais besoin de moi. Oh, Summer, qu'est-ce que tu t'es infligé ?

Je m'accroche à elle, mes larmes détrempent l'épaule de son tee-shirt et je respire son parfum familier de shampoing à la noix de coco et d'amour. Elle me berce, me caresse les cheveux, et je me laisse faire.

— Ça va, je chuchote plusieurs fois.

Et à force, ça va mieux.

Paddy m'annonce qu'on a retrouvé Honey : la police a suivi sa trace jusqu'à l'aéroport d'Heathrow, où elle a essayé d'acheter un billet pour l'Australie avec la carte bancaire de secours que maman garde dans le tiroir de la cuisine.

— Elle va bien, me rassure-t-il. C'est déjà ça.

Je regarde la guirlande de pâquerettes que j'ai tressée un peu plus tôt, accrochée à la tête de lit comme un talisman. Les fleurs sont fanées, mais elles me réconfortent.

Le docteur Khan revient nous voir et me propose de passer quelques semaines dans une clinique spécialisée où elle m'apprendra à surmonter ma peur de la nourriture.

— Il faut du temps pour se débarrasser d'un trouble alimentaire, me prévient-elle. Tu vas devoir être patiente et déterminée. Ce ne sera pas facile. Mais si tu as confiance en moi, on y arrivera.

— Et comment allons-nous faire après la rentrée ? veut savoir Paddy. Elle sera en internat, cette année.

— Non, réplique le docteur, catégorique. Nous devons d'abord nous attaquer à ce problème… il est impératif que Summer guérisse.

Je m'attends à ce que cette nouvelle me brise le cœur, mais je n'éprouve que du soulagement. De toute façon, je suis bien incapable d'intégrer la Rochelle Academy. Dans mon état, je ne tiendrais pas une semaine là-bas.

Le lendemain, on m'autorise à rentrer chez moi. Cette fois, il n'y a ni banderole de bienvenue ni gâteau. Juste de grands yeux inquiets et des bras qui me serrent si doucement que j'ai l'impression d'être en verre. Honey n'est pas là. Maman m'explique qu'elle n'a pas quitté sa chambre depuis la veille.

— Comment tu vas ? me demande Cherry. Tu as besoin de quelque chose ?

Je secoue la tête, incapable de trouver les mots. J'ai fait voler en éclats notre famille heureuse et unie, dessiné des cernes noirs sous les yeux de maman et des rides soucieuses sur le front de Mamie Kate. Ma jumelle me regarde comme si j'étais une étrangère, et j'en souffre.

— Je veux juste que tout soit normal, je dis. Qu'on continue à vivre. Cherry, va voir Shay. Coco, sors avec tes copines. Skye, tu es censée travailler… ne reste pas à la maison à cause de moi, d'accord ? Faites comme d'habitude. Je vais bien, vraiment… je suis juste très fatiguée…

Maman soupire.

— Tu as raison, Summer. Tu devrais te reposer.

Je monte dans ma chambre et referme la porte derrière moi. Je glisse un CD de musique classique dans le lecteur avant d'enfiler mes chaussons de danse et de nouer soigneusement les rubans. Une main sur le rebord de la fenêtre, le menton haut, les bras arrondis, je prends la première position. Et puis les larmes se remettent à couler, j'éteins brutalement le lecteur et j'arrache mes pointes. La douleur que j'attendais vient de s'abattre sur moi. Je suis submergée par des vagues de chagrin en pensant à mon rêve qui ne se réalisera jamais. J'ai tout gâché et saboté mon propre avenir.

Maman va devoir passer des coups de fil pénibles, parler à Miss Élise et à Sylvie Rochelle. Une autre fille se verra proposer ma place. Jodie, peut-être ? Je l'espère de tout mon cœur. Au moins, quelque chose de positif sortirait de tout ça.

On frappe à la porte et je vois apparaître Honey. Ses cheveux blonds sont emmêlés et son mascara a coulé.

— Il faut qu'on parle, me dit-elle.

Nous nous asseyons face à face sur le lit, les jambes croisées sur la couverture en patchwork.

— Je suis une idiote, commence-t-elle. La pire sœur de tous les temps. Je suis tellement désolée, Summer. J'étais morte d'angoisse quand je t'ai trouvée dans l'étable, et après l'ambulance est arrivée et tout était ma faute…

Je secoue la tête.

— Si je ne t'avais pas interrompue pour te faire une scène, rien de tout ça ne serait arrivé. Je me suis évanouie parce que je n'avais rien mangé de la journée, pas à cause de la fumée.

— Mais ça faisait des semaines que je m'inquiétais. Je n'ai pas su te le montrer. Summer, tu es anorexique. Il faut que tu l'admettes.

— J'ai vu un docteur à l'hôpital, une spécialiste. Elle va m'aider.

— Je l'espère. Parce que je ne supporterai pas de te voir te détruire. C'est moi la ratée de la famille, d'accord ? Je viens de le prouver, alors n'essaie même de rivaliser avec moi. Au passage, les fugues, ça craint. J'ai croisé tellement de tarés que j'étais bien contente de voir arriver la police.

— Tu essayais d'aller chez papa ?

— Je voulais partir le plus loin possible, et je me suis dit qu'il pourrait me comprendre, lui. Tu parles. On a discuté sur Skype hier soir, il était furieux.

— Il n'est pas très doué comme père.

— Non, pas vraiment, reconnaît Honey.

C'est là que je me rends compte à quel point elle est triste, parce que jusqu'à aujourd'hui, je ne l'ai jamais entendue critiquer papa.

— J'ai dépassé les bornes, cette fois, reprend-elle. J'ai fumé, déclenché un incendie et failli laisser brûler ma petite sœur…

— Ça ne s'est pas passé comme ça.

— Si, un peu. Et comment ai-je réagi ? Ai-je assumé les conséquences de mes actes ? Même pas. Je me suis enfuie et me suis retrouvée traquée par la police, avec mon nom dans les journaux et tout. C'est la honte, même pour moi.

Je souris tristement.

— Je vais être punie au moins jusqu'à mes seize ans, ajoute-t-elle. Ma vie est finie. Marty ne me regardera plus jamais, ni Junior. Tant qu'à faire, je n'ai plus qu'à m'inscrire à des cours de soutien en maths et à sortir avec Anthony.

— Anthony est plutôt sympa. Tu n'as pas été très gentille avec lui…

— Je ne suis gentille avec personne. Ce n'est pas mon genre. Je suis une sale peste. Je ne m'intéresse à personne…

Je lui prends la main.

— Bien sûr que si… je le sais.

Elle s'essuie les yeux d'un geste brutal.

— Fais attention à toi, Summer. Je suis la rebelle et toi Mademoiselle Parfaite, mais c'est pareil. On nous a collé une étiquette et maintenant, on est coincées…

Je n'en crois pas mes oreilles. Pendant toutes ces semaines où je me demandais à qui parler de ce que je ressentais, je n'ai jamais pensé à Honey. Alors que toutes les deux, on lutte chacune à notre façon contre la même souffrance. Moi je ravale ma douleur, je m'en prends à moi-même et je redouble d'efforts dans l'espoir d'atteindre la perfection ; Honey, elle, se révolte contre le monde entier et fait systématiquement le mauvais choix. Nous sommes si différentes et pourtant si semblables. J'aurais aimé m'en apercevoir plus tôt.

— On peut encore changer, non ? je murmure. J'ai l'impression d'avoir passé des années à courir et à m'épuiser pour devenir quelqu'un qui n'existe pas. Maintenant, j'en ai assez. J'ai juste envie d'aller bien.

Ma grande sœur me serre contre elle.

— Tu es sur le bon chemin.

34

Maman a préparé un véritable festin pour le dîner, une façon de dire au revoir à Mamie Kate et de m'inciter à manger. Il y a tous mes plats préférés : du poulet rôti avec des pommes de terre au four, de la sauce et toutes sortes de légumes. Même Honey a donné un coup de main et confectionné une montagne de meringue décorée de crème fouettée, de fruits et de noix. La table est aussi remplie que pour un repas de Noël, mais j'ai mal au cœur en pensant que je ne pourrai pas y goûter, ni même essayer.

— Je suis contente d'être rentrée, déclare maman pour briser le silence. Le Pérou, c'était formidable, absolument incroyable, mais… on est vraiment bien chez soi.

— Je m'en souviendrai toute ma vie, confirme Paddy. En plus, cerise sur le gâteau, on a trouvé le fournisseur de cacao bio qu'on cherchait. C'est une petite affaire familiale, pour qui notre collaboration va faire toute la différence. Et nous, on gagne une valeur ajoutée grâce au label commerce équitable…

— Merveilleux, commente Mamie Kate.

La conversation s'arrête là.

— Tu ne manges pas, Summer ? me cajole maman. Juste un peu ? Maintenant que je suis là, j'ai bien l'intention de te remplumer…

Je baisse la tête, paniquée. Il y a beaucoup trop de nourriture, et de toute façon, je n'ai pas envie qu'on me « remplume ». Je pique un haricot vert du bout de ma fourchette, mais je n'arrive pas à l'avaler.

Je pensais que ça irait mieux, maintenant que j'ai admis mon problème et que j'ai accepté qu'on m'aide. C'est censé être la partie la plus difficile, non ? Je m'attendais à ce que toutes mes peurs disparaissent comme par magie, mais je n'arrive toujours pas à manger.

— Arrête de lui mettre la pression, conseille Skye qui a lu dans mes pensées. Ça ne sert à rien.

Je repousse brutalement ma chaise et sors en courant de la cuisine. Réfugiée dans ma chambre, je compose un message sur mon téléphone. La réponse arrive presque instantanément. Je souris.

Après avoir glissé quelque chose dans mon sac à dos rose, je redescends l'escalier et me faufile dans le jardin. Puis je me dirige vers l'escalier de la falaise. Une fois sur la plage, je me débarrasse de mes chaussures pour m'avancer jusqu'au bord de l'eau. La marée descendante a laissé une grande bande de sable humide et strié d'écume. Quand j'entre dans l'eau, je frissonne en sentant une touffe d'algues s'accrocher à mes chevilles. L'océan ondule autour de moi.

J'attrape mon sac et, des larmes plein les yeux, j'en sors la paire de pointes neuves que j'ai étrennée le jour de l'audition. Quand je les lance, les rubans dessinent un bel arc dans le vent. Ballottées par les vagues, elles s'éloignent peu à peu vers le large.

Je n'irai pas à la Rochelle Academy, ni maintenant ni peut-être jamais. Je ne sais même plus si je suis déçue. Maman m'a parlé d'entrer dans une fac de sport après le bac, pour devenir professeur de danse par exemple. Mais pour le moment, je ne vois pas aussi loin.

La fille qui a le plus de chances de réussir… quelle bonne blague. Le rêve est fini, il a brûlé avec l'étable et je ne peux en vouloir qu'à moi-même.

Lorsque je sens que je suis prête à craquer, je me retourne vers la plage et j'aperçois Tommy qui approche.

— Tu es venu, je dis quand il me rejoint.

— Évidemment. Tu me l'as demandé.

— J'ai encore tout gâché. Je veux vraiment aller mieux, je te jure. Mais maman avait préparé un repas de fête en mon honneur et tout le monde me regardait. Je n'ai rien pu avaler…

— Hé ! m'interrompt Tommy. Ce n'est que le début. Il faut y aller en douceur. Attends au moins que le docteur t'ait expliqué comment faire. Tu vas y arriver, Summer. Crois-moi. En attendant, j'ai apporté des provisions, ajoute-t-il en me tendant un sac.

On étale une couverture sur le sable et il déballe des mandarines, des pommes, des œufs durs et un gâteau bizarre tout aplati au milieu.

— C'est du gâteau à la carotte, m'explique-t-il. Une recette que je viens d'inventer. Farine complète, sans sucre, avec un glaçage à base de fromage frais allégé…

Assise à côté de lui face à la mer, je grignote un œuf et une pomme. Enfin, je n'ai plus peur et j'ai réussi à faire taire la voix dans ma tête. Je croque un quartier de mandarine dont le jus sucré me coule sur les lèvres. Tommy passe un bras autour de mes épaules et je m'appuie contre lui, détendue. Je me demande s'il va encore m'embrasser et si le baiser aura un goût de mandarine.

En plissant les yeux, j'arrive à distinguer mes pointes qui flottent sur l'eau, au loin.

— Je n'irai pas à la Rochelle Academy, je déclare. Fin du rêve.

— OK, dit Tommy. Alors passe au plan B.

— Je n'en ai pas.

— Tu as intérêt à en trouver un. Et si le plan B ne marche pas, tu passeras au plan C. Je te rappelle qu'il y a vingt-six lettres dans l'alphabet. Et tu n'es pas du genre à baisser les bras.

— Non, sans doute.

Tommy me coupe une toute petite part de gâteau à la carotte. J'en prends un morceau. Il est plus léger qu'on ne le croirait, moelleux et frais.

— C'est bon ! je m'exclame, surprise.

— Ouais, acquiesce-t-il avec un sourire. J'ai laissé tomber l'idée de devenir un cuisinier célèbre. Je préfère viser le marché bio. Ça doit être mon plan D, si je fais le compte.

Les rêves brisés ne sont peut-être qu'une porte ouverte vers d'autres possibilités ? J'aime bien cette idée.

Tommy se penche et m'embrasse très doucement. Son baiser a un goût de carotte, de mandarine et d'espoir, et je souris. Je vais avoir du mal à m'en lasser.

— Au fait, j'ai quelque chose pour toi, reprend-il en fouillant dans une poche de son sac. Ça m'a pris des heures, tellement je suis maladroit, mais voilà…

Il pose sur mes cheveux une guirlande de pâquerettes qu'il attache avec la petite barrette. Une vraie couronne de princesse, fragile et parfaite.

Cherry Costello

Timide, sage, toujours à l'écart.
Elle a parfois du mal à distinguer le rêve
de la réalité.
14 ans

Née à : Glasgow
Mère : Kiko
Père : Paddy

Allure : petite, mince, la peau café au lait,
les cheveux raides et noirs avec une frange,
elle a souvent deux petits chignons.

Style : jeans moulants de toutes les couleurs,
tee-shirts à motifs japonais.

Aime : rêver, les histoires, les fleurs de cerisier,
le soda, les roulottes.

Trésors : kimono, ombrelle, éventail japonais,
une photo de sa mère.

Rêve : faire partie d'une famille.

Coco Tanberry

Chipie, sympa et pleine d'énergie.
Elle adore l'aventure et la nature.
12 ans

Née à : Kitnor
Mère : Charlotte
Père : Greg

Allure : cheveux blonds et bouclés, coupés au carré et toujours en broussaille, yeux bleus, taches de rousseur, grand sourire.

Style : garçon manqué, jeans, tee-shirts, elle est toujours débraillée et mal coiffée.

Aime : les animaux, grimper aux arbres, se baigner dans la mer.

Trésors : Fred le chien et les canards.

Rêve : avoir un lama, un âne et un perroquet.

Skye Tanberry

**Avenante, excentrique, indépendante
et pleine d'imagination.
13 ans
Sœur jumelle de Summer**

Née à : Kitnor
Mère : Charlotte
Père : Greg

Allure : cheveux blonds jusqu'aux épaules,
yeux bleus, grand sourire.

Style : chapeaux et robes chinés dans des
friperies.

Aime : l'histoire, l'astrologie, rêver et dessiner.

Trésors : sa collection de robes vintage et un
fossile trouvé sur la plage.

Rêve : voyager dans le temps pour voir à quoi
ressemblait vraiment le passé…

Summer Tanberry

Calme, sûre d'elle, jolie et populaire.
Elle prend la danse très au sérieux.
13 ans
Sœur jumelle de Skye

Née à : Kitnor

Mère : Charlotte

Père : Greg

Allure : longs cheveux blonds tressés ou relevés en chignon de danseuse, yeux bleus, gracieuse.

Style : tout ce qui est rose… Tenues de danseuse et vêtements à la mode, elle est toujours très soignée.

Aime : la danse, surtout la danse classique.

Trésors : ses pointes et ses tutus.

Rêve : intégrer l'école du Royal Ballet, devenir danseuse étoile, puis monter sa propre école.

Honey Tanberry

Lunatique, égoïste, souvent triste…
Elle adore les drames, mais elle sait aussi
se montrer intelligente, charmante,
organisée et très douce.
15 ans

Née à : Londres
Mère : Charlotte
Père : Greg

Allure : longs cheveux blonds ondulés, yeux bleus, peau laiteuse, grande et mince.

Style : branché, robes imprimées, sandales, shorts et tee-shirts.

Aime : dessiner, peindre, la mode, la musique… et Shay Fletcher.

Trésors : ses cheveux, son journal, son carnet à dessin et sa chambre en haut de la tour.

Rêve : devenir mannequin, actrice ou créatrice de mode.

Les recettes au chocolat

Limonade façon Coco

Il te faut :
40 g de sucre en poudre • 4 citrons • 2 l d'eau

1. Verse le sucre dans une carafe qui ne craint pas la chaleur. Ajoutes-y l'équivalent d'un mug d'eau bouillante. Remue doucement, jusqu'à ce que le sucre soit totalement dissous.

2. Presse les citrons et verse le jus obtenu dans la carafe.

3. Mélange l'eau sucrée avec le jus des citrons, puis remplis la carafe d'eau.

4. Place le tout au frigidaire pendant une demi-heure puis sers la boisson, sans oublier d'y mettre des glaçons et des rondelles de citron pour encore plus de goût !

Pour une limonade rose, remplace les rondelles de citron de la fin par quelques fraises coupées en morceaux.

Banana split

Il te faut :
1 banane • de la glace à la vanille • des éclats de noisettes • du chocolat fondu

1. Coupe la banane dans le sens de la longueur.

2. Place trois boules de glace à la vanille en ligne dans une assiette.

3. Pose délicatement les moitiés de banane dans l'assiette, de chaque côté des boules de glace.

4. Saupoudre la préparation d'éclats de noisettes, et arrose le tout d'un filet de chocolat fondu !

Petit délice de chocolat

Il te faut :
2 cookies émiettés • de la glace à la vanille • de la glace au chocolat • du chocolat fondu

1. Dépose une boule de glace au chocolat dans une assiette, et recouvre-la de miettes de cookies.

2. Ajoute une boule de glace à la vanille et arrose-la d'un filet de chocolat fondu.

3. Saupoudre le tout avec le reste des miettes de cookies.

Pour les plus gourmands, on peut aussi ajouter de la crème chantilly !

Sundae fraise

Il te faut :
des fraises • 1 yaourt nature • 1 yaourt à la fraise
• du sirop de fraise

1. Découpe les fraises en petits quartiers.

2. Dépose des quartiers de fraises dans le fond d'un grand verre. Recouvre-les d'une cuillerée de yaourt nature, puis d'une cuillerée de yaourt à la fraise, et enfin de quelques gouttes de sirop.

3. Répète l'opération (une couche de quartiers de fraises, puis une cuillerée de yaourt nature, une cuillerée de yaourt à la fraise, quelques gouttes de sirop) jusqu'à ce que la préparation atteigne le haut du verre !

4. Termine en arrosant le tout de sirop !

Jardinière de fleurs fruitées

Il te faut :
des fruits (par exemple : kiwis, pommes, fraises, raisins, oranges, melons) • des piques à brochettes • des emporte-pièces de jolies formes (fleur, cœur, papillon…) • 1 boîte à chaussures

1. Sur une planche à découper, tranche tes fruits en rondelles.

2. Avec les emporte-pièces, découpe des formes dans les tranches que tu viens de préparer.

3. Place un morceau de fruit au bout de chaque pique.

4. Fais des petits trous dans la boîte à chaussures pour y glisser les piques. Et voilà une belle jardinière de fleurs fruitées !

Pour encore plus de fraîcheur (et de gourmandise !), dispose une coupelle de fromage blanc ou de crème chantilly à côté de ta jardinière pour pouvoir tremper les fruits dedans.

Et pour encore plus d'effet, décore ta boîte à chaussures sur le thème du jardin (avec du tissu vert ou fleuri, des autocollants en forme d'abeille, de coccinelle…) ou tout simplement selon ton inspiration du moment !

❀ **Plus tard, tu rêverais de vivre dans...**
1. un appartement moderne et lumineux, décoré avec élégance.
2. une grande maison, en colocation avec des artistes du monde entier.
3. un vieux moulin couvert de vigne vierge.
4. une ferme.
5. une maison avec vue sur la mer.

❀ **En général, écouter de la musique te donne envie de...**
1. danser jusqu'à épuisement.
2. pleurer, crier, ça dépend des moments.
3. vivre à une autre époque.
4. jouer d'un instrument.
5. voyager.

❀ **Tu adorerais qu'on t'offre...**
1. une place pour aller à l'opéra.
2. un chevalet de peintre.
3. un vieux fauteuil à bascule.
4. un tour en montgolfière.
5. un nécessaire de calligraphie.

❀ **S'il y a une chose qui t'agace, c'est...**

1. le désordre.
2. qu'on te fasse la morale.
3. ne pas réussir à résoudre une énigme.
4. la pluie, quand elle t'empêche de sortir.
5. ta sœur.

❀ **Tu pars en vacances, tu n'oublies pas d'emporter...**

1. une tenue de sport pour t'entraîner.
2. des magazines avec des tests.
3. un livre sur l'histoire de la région où tu vas.
4. tes bottes en caoutchouc.
5. la photo de ton amoureux.

❀ **Ton goûter préféré, c'est...**

1. une pomme.
2. des beignets à l'ananas.
3. n'importe quoi qui contienne du chocolat.
4. une barre de céréales.
5. des cerises.

❀ **Tu préfères te promener...**

1. en ville, pour faire les boutiques.
2. à l'arrière d'une moto.

3. dans les ruines d'une abbaye.

4. en forêt, pour ramasser des champignons.

5. à travers champs, de préférence s'ils sont en fleurs.

❀ **Si tu faisais partie d'une troupe de cirque, tu serais...**

1. funambule.

2. trapéziste.

3. clown blanc.

4. dompteuse de fauves.

5. prestidigitatrice.

✿ Tu as obtenu un maximum de 1: Summer

Déterminée, passionnée et sensible, tu es prête à tout pour aller au bout de tes rêves… ce qui ne t'empêche pas d'adorer les sorties entre copines !

✿ Tu as obtenu un maximum de 2: Honey

Tu es à l'affût des dernières tendances et cultives ton look branché. Tu fais parfois l'effet d'un ouragan à ton entourage qui ne sait pas toujours comment s'y prendre avec toi… Pourtant tu aimes te sentir entourée.

✿ Tu as obtenu un maximum de 3: Skye

Originale, romanesque, créative et très curieuse, tu aimes lire, te déguiser, fouiller, te documenter… N'aurais-tu pas une âme de détective ?

✿ Tu as obtenu un maximum de 4: Coco

Rien ne t'amuse plus qu'enfiler des bottes en caoutchouc et sauter dans les flaques d'eau en criant. Après tout, pourquoi s'en priver ? Pour toi, il faut profiter de la vie, tout en protégeant son environnement ; tu es une vraie graine d'écologiste !

✿ Tu as obtenu un maximum de 5: Cherry

Tu aimes les histoires, celles que tu lis mais aussi celles que tu inventes. Romantique, tu aimes les endroits qui attisent ta créativité et tu rêves de longues promenades au bras de ton amoureux…

Cet ouvrage a été composé par
Fr&co - 61290 Longny-au-Perche

Imprimé en France par **CPI**
en mars 2016
N° d'impression : 3016507

Dépôt légal : février 2015
Suite du premier tirage : avril 2016

www.pocketjeunesse.fr
POCKET JEUNESSE

12, avenue d'Italie – 75627 PARIS Cedex 13